用经典滋养灵魂

龚鹏程

每个民族都有它自己的经典。经，指其所载之内容足以做为后世的纲维；典，谓其可为典范。因此它常被视为一切知识、价值观、世界观的依据或来源。早期只典守在神巫和大僚手上，后来则成为该民族累世传习、讽诵不辍的基本典籍。或称核心典籍，甚至是"圣书"。

佛经、圣经、古兰经等都是如此，中国也不例外。文化总体上的经典是六经：《诗》《书》《礼》《乐》《易》《春秋》。依此而发展出来的各个学门或学派，另有其专业上的经典，如墨家有其《墨经》。老子后学也将其书视为经，战国时便开始有人替它作传、作解。兵家则有其《武经七书》。算家亦有《周髀算经》等所谓《算经十书》。流衍所及，竟至喝酒有《酒经》，饮茶有《茶经》，下棋有《弈经》，相鹤相马相牛亦皆有经。此类支流稗末，固然不能与六经相比肩，但它各自代表了在它那一个领域中的核心知识地位，却是很显然的。

我国历代教育和社会文化，就是以六经为基础来发展的。直到清末废科举、立学堂以后才产生剧变。但当时新设的学堂虽仿洋制，却仍保留了读经课程，以示根本未隳。辛亥革命后，蔡元培担任教育总长才开始废除读经。接着，他主持北京大学时出现的"新文化运动"更进一步发起对传统文化的攻击。趋势竟由废弃文言，提倡白话文学，一直走到深入的反传统中去。论调越来越激烈，行动越来越鲁莽。

台湾的教育、政治发展和社会文化意识，其实也一直以延续五四精神自居，以自由、民主、科学为号召。故其反传统气氛，及其体现于教育结构中者，与当时大陆不过程度略异而已，仅是社会中还遗存着若干传统社会的礼俗及观念罢了。后来，台湾朝野才惕然憬醒，开始提倡"文化复兴运动"，在学校课程中增加了经典的内容。但不叫读经，乃是摘选《四书》为《中国文化基本教材》，以为补充。另成立文化复兴委员会，开始做经典的白话注释，向社会推广。

文化复兴运动之功过，诚乎难言，此处也不必细说，总之是虽调整了西化的方向及反传统的势能，但对社会普遍民众的文化意识，还没能起到警醒的作用；了解传统、阅读经典，也还没成为风气或行动。

二十世纪七十年代后期，高信疆、柯元馨夫妇接掌了当时台湾第一大报中国时报的副刊与出版社编务，针对这个现象，遂策划了《中国历代经典宝库》这一大套书。精选影响国人最为深远的典籍，包括了六经及诸子、文艺各领域的经典，遍邀名家为之疏解，并附录原文以供参照，一时朝野震动，风气丕变。

其所以震动社会，原因一是典籍选得精切。不蔓不枝，能体现传统文化的基本匡廓。二是体例确实。经典篇幅广狭不一、深浅悬隔，如《资治通鉴》那么庞大，《尚书》那么深奥，它们跟小说戏曲是截然不同的。如何在一套书里，用类似的体例来处理，很可以看出编辑人的功力。三是作者群涵盖了几乎全台湾的学术菁英，群策群力，全面动员。这也是过去所没有的。四、编审严格。大部丛书，作者庞杂，集稿统稿就十分重要，否则便会出现良莠不齐之现象。这套书虽广征名家撰作，但在审定正讹、统一文字风格方面，确乎花了极大气力。再加上撰稿人都把这套书当成是写给自己子弟看的传家宝，写得特别矜慎，成绩当然非其他的书所能比。五、当时高信疆夫妇利用报社传播之便，将出版与报纸媒体做了最好、最彻底的结合，使得这套书成了家喻户晓、众所翘盼的文化甘霖，人人都想一沾法雨。六、当时出版采用豪华的小牛皮烫金装帧，精美大方，辅以雕花木柜。虽所费不赀，却是经济刚刚腾飞时一个中产家庭最好的文化陈设，书香家庭的想象，由此开始落实。许多家庭乃因买进这套书，而仿佛种下了诗礼传家的根。

高先生综理编务，辅佐实际的是周安托兄。两君都是诗人，且侠情肝胆照人。中华文化复起、国魂再振、民气方舒，则是他们的理想，因此编这套书，似乎就是一场织梦之旅，号称传承经典，实则意拟宏开未来。

我很幸运，也曾参与到这一场歌唱青春的行列中，去贡献微末。先是与林明峪共同参与黄庆萱老师改写《西游记》的工作，继而再协助安托统稿，推敲是非、斟酌文辞。对整套书说不上有什么助益，自己倒是收获良多。

书成之后，好评如潮，数十年来一再改版翻印，直到现在。经典常读常新，当时对经典的现代解读目前也仍未过时，依旧在散光发热，滋养民族新一代的灵魂。只不过光阴毕竟可畏，安托与信疆俱已逝去，来不及看到他们播下的种子继续发芽生长了。

当年参与这套书的人很多，我仅是其中一员小将。聊述战场，回思天宝，所见不过如此，其实说不清楚它的实况。但这个小侧写，或许有助于今日阅读这套书的大陆青年理解该书的价值与出版经纬，是为序。

鬼狐神怪的奇幻世界

周学武

　　《聊斋志异》的作者蒲松龄先生（1640—1715），是一位伟大的文学家，同时也是一位关心社会的学者。他的著作除了小说、俗曲、鼓词和一些诗文之外，还有《农桑经》《省身语录》《怀刑录》《历字文》《日用俗字》……可惜有些东西已经失传了。不过，真正使他在文学和知识界享有盛名的，还是他的两部小说——《醒世姻缘传》和《聊斋志异》。前者是一部长篇的白话小说，在文字的运用、人物的描绘、情节的安排、心理的刻画诸方面，都有卓越的成就。后者则是纯粹用文言文写的，总共集合了四百三十一个短篇小说、寓言、故事和异闻。它在艺术上的成就，一如《醒世姻缘传》。关于这一方面，有待各位去欣赏、体认，我想不必进一步的叙说。这部书既然名叫"志异"，它里面所记载的，自然是不同寻常的事物。所以书中有关鬼狐神怪的故事，几乎占了全部的篇幅。那些鬼狐神怪，透过作者惊人的文学素养，一一地予以人格化，使他们与人类具有同样的思想、情感和个性。作者也借着他们的形象，忠实地反映了那个时代和社会；借着他们的口吻，婉转地表达了他对人生的憧憬和关注。因此，我们在阅读这部文学作品的时候，不仅不能为它的奇异色彩所迷惑，而且要把它当作一本哲学书、历史书乃至于社会学的书来看。

蒲松龄对于人情世态，能作深入的观察和描写，是由于他那平实的生活背景。在清人的统治下，这位别号柳泉居士的蒲留仙，虽然也考中了秀才，参加过几次举人的考试，但是一直到晚年才举了岁贡。所以他的大部分岁月，都是在农村里度过的，这使他有机会接触到农村社会中的事事物物。鬼狐神怪原本是农村社会的共同信仰，他便把自己日常所听到的种种故事，运用丰富的想象，在他的《聊斋》里渲染成篇，久而久之，竟积成了这一部家喻户晓的作品。

《聊斋志异》中的各篇，虽然多半是小说的形式，但是由于文字的古奥醇雅，在从前，很多知识分子都是把它当作古文范本来看的，甚至有人把它和《左传》《国语》《史记》《汉书》相提并论。可惜在这里，我们为了使它与经典宝库中的其他作品体例一致，只以白话改写了它的内容，而无法将它所有的原作刊出来做一个对照。而事实上，本书的若干文字和情节，为了适应实际上的需要，也经过了少许的增删，并不是逐字逐句翻译的。

以下例言，是我改写的根据以及原则：

一、本书各篇，大体上是根据蒲松龄《聊斋志异》的手稿本及青刻本改写的；有时，在文字方面有了疑问，也参酌其他的版本。

二、本书选择材料，同时注意它的文学性、趣味性和教育性，尽量要求它能适应青少年的心身发展。

三、本书除以白话改写外，其他方面，一概保持原作的精神和面貌。只有少数几篇，为了实际上的需要，在文字和情节方面略有增损。

四、本书为了方便读者阅览，对于特殊的地名、官职以及其他名词，都有详细的注解。同时，在每一篇的后面，对于该篇的涵义，也有一个总括的说明。

五、《聊斋》原作各篇，题目过于刻板，有些甚至不能涵盖全篇的内容，对于这一部分，本书统统予以改订；但为使读者便于对照原作起见，另在各篇末尾，再将它的原来题目加以注明。

最后，录清人冯镇峦先生的一段话作为结束：

张安溪曾经说：《聊斋》这一本书，会读它，能使人胆壮；不会读它，能使人入魔。我认为只拘泥它所记载的事迹，便会使人入魔；能领会它所涵容的精神，就能使人胆壮。我们只要能认识它文章的美妙，洞察它含意的深微，体受它性情的纯正，服膺它议论的公允，那么它实在是变化我们气质、陶冶我们心术的第一好书。

目　录

蒲松龄和《聊斋志异》

蒲松龄的生平

蒲松龄，字留仙，一字剑臣，别号柳泉居士，明崇祯十三年（1640）农历四月十六日，生于山东省淄川县东七里的蒲家庄。蒲家庄地近黉（hóng）山，是一个山明水秀的村落。村东有一个泉源，泉水自地层上冒，溢而成溪，溪旁老柳成荫，当地居民因而称之为"柳泉"。由于蒲松龄深爱这里的风景，后来便以它为号了。

淄川的居民，多半自外地迁来，蒲家是当地的少数土著之一。他们的先人蒲鲁浑、蒲居仁在元朝都曾做过般阳路（淄川在般水之阳，旧称般阳）的总督。但是蒲家真正的兴盛起来，据蒲松龄自己说（淄川《蒲氏族谱》引），是在明洪武以后。蒲松龄的高曾祖永祥、高祖世广、曾祖继芳，都有令名，道德文章，为一方所重。他的祖父生讷，生有五个儿子，名叫：稹、椟、槃、枳、柴。蒲槃便是蒲松龄的父亲。

蒲槃原来也有意在仕途上谋取发展，但是考了二十多年的秀才，都没有如愿。后来因为家里实在太穷了，不得已才做起生意来。蒲家在他的经营下，经济情况渐渐有了转机。蒲槃曾经生过一个儿子，名叫兆箕，不久就夭折了。他一直到四十岁，都没有子息，后来便把他弟弟枳的儿子过继到自己的名下来。说也奇怪，从此以后，竟然接连生了四个儿子，他们依次是兆专、柏龄、松龄和鹤龄。

蒲松龄的降生，有一个传奇。据说当母亲董氏快要生他的时候，他的父亲梦见一个又病又瘦的老和尚走进屋来，那和尚光着半边上身，在乳部还贴着一个铜钱般的膏药。醒来以后，蒲松龄就生了，乳部竟然也有一个墨痣。蒲松龄自己也相信，他似乎就是那个老和尚的化身（《聊斋自志》）。

蒲松龄出生的第五年，明朝便亡了。那真是一个历史的剧变。蒲槃在那兵荒马乱的时代，并没有忽略对于子侄教育的责任。松龄兄弟，都是他亲自课读的。蒲松龄幼年时代，除了居家读书外，常在柳泉一带游钓，父亲的教诲，乡村纯朴的风物，对于他后来性向的发展，都有深刻的影响。

蒲松龄在清顺治十四年（1657），和同县刘国鼎（季调）的次女成婚。那时他是十八岁，夫人刘氏整整小他三岁。刘氏温柔贤淑，很得蒲母董氏的钟爱，但是也因此引起了妯娌的嫉妒，造成了婆媳间的失和。他的父亲看到闹得不像样了，便要他们兄弟分居。这时，他的兄弟都争着要求好的房舍和器皿，只有他不肯说什么话，结果仅分得农场里的老屋三间和薄田二十亩而已。

顺治十五年（1658），他十九岁，参加了童子试，经过县、府、道三次考试，都是第一名，成了秀才，一时文名大噪。那时安徽宣城的施闰章（愚山）正主持山东的学政，他主张取士应该先实行而后文艺，因此，蒲松龄很得到他的赏识，施闰章也成了他第一个文章知己。可是，在以后的几次乡试中，他始终榜上无名。他的一生科第，只在四十六岁时被补为廪膳生、七十二岁时被补为贡生而已。

蒲松龄生性朴讷，而重视信义，一时名士宿儒，多愿和他交游。青年时代，他曾与同乡李尧臣（希梅）、张笃庆（历友）、张履庆（视旋）等人结为"郢中诗社"，以道义风雅相切磋。他和李希梅"朝分明窗，夜分灯火"，交情尤称莫逆。他的乡先进高珩（念东）、唐梦赉（豹岩）都非常器重他。而新城王世禛（渔洋）尤其欣赏他的才华，屡次示意要罗致门下，都被他婉谢了。

蒲松龄的一生，除了一度游幕以外，其余过的都是"舌耕"生涯。康熙九年（1670）秋天，友人孙蕙（树百）任江苏宝应县令，邀他去做幕宾，可以说是他生平仅仅的一次南游。第二年春天，他又随树百转任高邮，算算时间，前后也不过八个月而已。三十二岁时，他从高邮回到了淄川，从此，便在家乡开席授徒。又过了八年，他开始在毕际有（载积）的绰然堂设帐。绰然堂在毕家的石隐园中，藏书很多，堂外花木扶疏，他在这个幽美的环境中，一面教读，一面写作，一待就是三十年（蒲氏曾为际有夫人王氏作墓志，有"余与毕世兄韦仲同食三十年"之语。韦仲名盛巨，是毕际有的儿子，可见蒲氏在毕家时间之久），他生前的许多著述，都是在这一段时间里完成的。等到他撤帐回家，已经是垂暮之年了。

康熙五十四年（1715）元旦，他用易理占卜，结果不吉。正月初五，是他父亲的忌辰，他带领儿辈亲往墓地祭扫，回来便觉得不适，延到二十二日酉时，竟依窗危坐而逝，享年七十六岁。

同年三月，下葬于柳泉东南的墓地。

蒲松龄共有四子，依次为：箬、篪（chí）、笏（hù）、筠。箬、笏、筠和长孙立惪（dé），都是秀才，可以说是一门书香。他的著述，据张元（榆村）撰墓表所载，计有：（一）文集四卷，（二）诗集六卷，（三）《聊斋志异》八卷（今刊本分为十六卷）。附记于碑阴的有：（四）杂著五册（《省身语录》《怀刑录》《历字文》《日用俗字》《农桑经》），（五）戏三出（《考词九转货郎儿》《钟妹庆寿》《闹馆》），（六）通俗俚曲十四种（《墙头记》《姑妇曲》《慈悲曲》《翻魇殃》《寒森曲》《琴瑟乐》《蓬莱宴》《俊夜叉》《穷汉词》《丑俊巴》《快曲》《禳妒咒》《磨难曲》《增补幸云曲》）。另外经考订为蒲氏作品的有：（七）《醒世姻缘传》小说一百回，（八）鼓儿词若干种。此外，他还辑录有《药祟》《婚嫁全书》《小学节要》《齐民要术》《观象玩占》《会天意》《家政内篇》《家政外篇》《帝京景物选略》等书。其他有待考证的著述还有好多种，这里不再一一列举了。

《聊斋志异》的流布

《聊斋志异》的写作时间相当长久。大约从蒲松龄的青年时期一直写到他的晚年。据《聊斋志异》中所记的资料考察，有晚到康熙四十六年（1707）的（《夏雪》《化男》），那时他已经是六十八岁的老人了。不过，他的《聊斋自志》，却是在康熙十八年（1679）写成的，当时他的年龄是四十岁。因此，我们可以做一个推论：在他四十岁的时候，《聊斋志异》已经成书了，以后又经过不断的增订，才成为定稿。

《聊斋志异》稿本，最先接触到的人是王渔洋。王渔洋和蒲氏有瓜葛之亲（远亲），也是文字上的朋友。王渔洋对《聊斋》非常激赏，除了为它一一点志以外，并且间作评语，他所作的《奉题志异诗》："姑妄言之妄听之，豆棚瓜架雨如丝。料应厌作人间语，爱听秋坟鬼唱诗。"也颇能把握《聊斋》的作意。渔洋的评语，在当时是就《聊斋志异》的原稿上誊入的，我们可以说，它是原本《聊斋》不可分的一部分。可惜这部原稿，历经沧桑，现在只剩下半部，也就是第一、四、五、十卷的全卷，和第二、十一卷的前一部分，第三、九卷的后一部分。从稿本上，我们可以明显地看到作者删改的痕迹，也可以看出作者构思和推敲的过程。

《聊斋志异》在蒲氏生前，并未刊刻问世，当时流行，只赖传抄，这些抄本现在已不多见。现存较早的是乾隆十六年（1751）的铸雪斋张希杰抄本，和同样是乾隆年间的黄炎熙选抄本。二书都是十二卷，前者收藏于北大图书馆，后者缺第二、十三两卷，但有《猪嘴道人》《张牧》《波斯人》三篇，是别的本子所没有的。

至于木刻本，最早的要算是乾隆三十一年（1766）的青柯亭本了。刻者是山东莱阳的赵起杲（荷村），所以一般人也称它为赵本。这个本子分为十六卷，所收的篇目有四百三十一则，对于《聊斋志异》的传播很有贡献。从它问世以后，所有的评注本、以至于后来的石印本、铅印本，几乎都是以它为蓝本。除了赵氏刻本，其他重要的本子有道光三年（1823）经纶堂所刻的何守奇评本，道光十九年（1839）花木长荣之馆所刻的何垠注本，道光二十二年（1842）但明伦自刻的评本，道光二十三年（1843）广东五云楼所刻的吕湛恩注本（吕注在道光五年已有刻本，但不载《聊斋》原文），以及光绪十七年（1891）合阳喻焜所刻的王、冯、何、但四家合评本（其中冯镇峦评作于嘉庆二十三年，早于何、但两家二十多年，但是在光绪十七年之前，迄未付刻）。以后的各种评本，也多依据它们付刻。在这里，还有需要一提的是乾隆三十二年（1767）的王金范分类选刻本，共十八卷，分二十六门，收文二百七十余篇，虽然编排十分别致，但是有些文字已经王氏妄改，参考价值也就大大地降低了。

在石印本方面，可以光绪十二年（1886）广宋百斋主人印行的《评注聊斋志异图咏》为代表。它的特色是将全书的每一篇故事都画上图画，另在每张图的空白处题上七绝一首（主要是歌咏该篇故事的内容），在诗的末尾并盖上刻有篇名的篆章。另外，他又把原列篇后的吕湛恩的注，移到每一句的后面，阅读起来，要比别的本子方便多了。此后有许多的书局都照这个本子仿印或影印，但是印工精美的并不多。

除了上面提到的木刻本和石印本外，现在坊间也有一些铅字排印的本子，有的后面还附上简单的注解，但多半很草率，远不如影印的木刻本来得好。但是因为有新式标点，读起来方便，对于《聊斋志异》的流传，仍然有它的贡献。

《聊斋志异》在道光二十八年（1848）已有满文译本，时至今日，更被译成日、英、法、德、俄等国文字，它不但是中国的文学巨著，而且成为世界的文学宝典了。

《聊斋志异》之评价

据说《聊斋志异》成稿以后，蒲松龄曾经向王渔洋讨教，渔洋想用百金把它买过来，蒲氏不肯。这个传说的真实性如何，我们现在姑且不去管它，但是，它至少可以证明一点：《聊斋志异》在当时是广受大众欢迎的。赵清耀说它传抄甚广（青刻本《聊斋志异·例言》），段雪亭说它在"未刻之前，已贵洛阳纸价"（《聊斋志异遗稿·例言》），应该是可信的。在我们今天来看，《聊斋志异》虽然可能是"仿干宝《搜神》、任昉《述异》之例"发展而来的，可是它的成就，却不是任何同类的书籍所能比拟的，关于这一点，我们可以由四方面来说明：

（一）就文字的使用来说：它用的是文言文，精简而且古雅，说理纯正剀切，叙事有条不紊，用典平妥自然。一字一句，都费尽心血来反复推敲（这由手稿本《聊斋》可以看得清清楚楚），所以前人说他的书是"有意作文，非徒纪事"，并且把它和《左传》《国语》《史记》《汉书》相提并论（冯镇峦《读聊斋志异杂说》），当作古文写作的范本来看，不是没有原因的。

（二）就艺术的成就来说：《聊斋志异》的每一篇都有它的面目和神情，作者想象力的丰富（如《画壁》——本书改题为"壁上的美人"、《寒月芙蕖》——本书改题为"冬天的荷花"），故事造境的优美（如《翩翩》——本书改题为"山中仙缘"、《鸽异》——本书改题为"少年与白鸽"），情节安排的曲折（如《张鸿渐》——本书改题为"张鸿渐的遭遇"、《石清虚》——本书改题为"清虚奇石"），性情刻画的细腻（如《阿绣》——本书改题为"真假情人"、《小谢》——本书改题为"老屋里的故事"）……在在的显示了作者在艺术上的造诣。

（三）就创作的体制来说：四百三十余篇的《聊斋》，涵盖面之广，也可以说是前所未有的。举凡写实、言情、说理、寓言、侠义、灵异……几乎无所不包，后世小说所有的形式，它几乎统统具备了。而且创作量之丰富，更是同时代的作家望尘莫及的，近人把蒲氏称为"东方的莫泊桑"（王文兴《重认聊斋》），我想不应该是一种盲目的崇拜吧！

（四）就作品的内容来说：它充分地反映了那个时代和社会，也表达了他对人类的憧憬和关注。因此，在书中有记载当时事实的，如《地震》记载康熙七年的济南大地震，《纪灾前篇》记载康熙四十二年的淄川水灾，《纪灾后篇》记载康熙四十三年的淄川虫灾，都是极珍贵的史料。有讥刺政治黑暗的，如《促织》（本书改题为"稚子的灵魂")写官吏的无道,《贾奉雉》(本书改题为"贾奉雉成仙")写科场的弊端,都令人愤恨。有刻画人性卑污的,如《金陵乙》(本书改题为"化狐")写酒店主人的人面兽心,《武孝廉》(本书改题为"石武举之死")写石姓举人的忘恩负义,都令人切齿。有表彰人伦德义的,如《张诚》(本书改题为"张氏兄弟")写张氏兄弟的诚笃孝友,《大力将军》写吴六一的知恩必报,都使人击节称赏。有嘲讽风俗人情的,如《宫梦弼》(本书改题为"柳家的盛衰")写世态的炎凉,《马介甫》写泼辣的悍妇,都入木三分。有讨论人生哲理的,如《黄英》写什么才是清高,《瑞云》(本书改题为"黑色的指印")写怎样才是爱情,都令人叹服他的识见。有提倡民族精神的,如《三朝元老》讥讽洪承畴的变节,《罗刹海市》暗嘲满清的政俗,而《公孙九娘》记于七抗清一案,被屠戮的民众之多,更是满纸民族血泪。总之,由于《聊斋志异》接触面之广,写作的时间之长,使它成了半个世纪历史和社会的见证。

总之,三百年来,《聊斋志异》在知识界拥有那样崇高的地位,绝不是偶然的。它的成就,不仅是前未曾有,就是后来类似的作品,也很难跟它相提并论。像袁枚的《子不语》(后改为《新齐谐》)、和邦额的《夜谭随录》、浩歌子的《萤窗异草》、冯起凤的《昔柳摭谈》等,在风格上虽然都和《聊斋志异》相近,但是在文字和技巧上,却绝难和它相比。当然,它们的流行也没有《聊斋志异》那么广,影响世人也没有《聊斋志异》那么深了。

《聊斋志异》的读法

《聊斋志异》所记的人物，大体上可以分为人、鬼、狐、神、怪五类，而每一篇故事中，都是以人为主体，分别与其他四类中的一、二类发生关系。蒲松龄所以把他们作为描写的对象，一方面是由于他平实的生活背景，一方面是由于当时的政治环境。蒲松龄一生落拓不遇，使他大部分的岁月，生活在广大的农村里，因而有机会接触到农村社会形形色色的事物和传闻，而鬼、狐、神、怪正是农村社会的普遍信仰，他借着它们的形象，来搜集和编撰故事，以达到惩恶劝善的教化效果，本来是极自然的事。何况，谈鬼说狐也是他本人的兴趣，他在《聊斋自志》里说："才非干宝（晋人，著有《搜神记》），雅爱搜神；情类黄州（指宋人苏东坡，曾任黄州团练副使），喜人谈鬼。"

正是一种表白。至于前文所提到的他出生的传奇，我们几乎可以相信，这些鬼、狐、神、怪，也是他个人的信仰了。其次，我们再就当时的政治环境来说，清朝以异族入主中原，一方面用科举制度来笼络士人，一方面又用高压的手段来打击有反抗思想的知识分子。当时的学界领袖如王夫之（船山）、顾炎武（亭林）、黄宗羲（梨洲）等人，都以民族大义为号召，形成了一股反抗清朝统治的暗流。蒲氏生当其时，康熙二年（1663）的庄廷鑨明史狱，六年（1667）的沈天甫诗狱，五十年（1711）的戴名世南山集狱，都是他亲身见到的，这种刻骨铭心的经历，给予一个传统的读书人心灵的煎迫，是可想而知的。而在他家乡，层出迭起的反抗事件，如顺治三年（1646）的高苑谢迁之变，十八年（1661）的栖霞于七之变，死事之惨，更使人触目惊心。

在这种高压的环境之下，他对于时政和社会的不满，只有借着鬼、狐、神、怪来发泄了。这样，他既不必顾虑政治的报复，也可以免除人事的干扰。他爱写什么就写什么，凡是人类社会一切可歌、可泣、可恨、可痛的事迹，他都可以借那枝生花妙笔，把它一一地收进《聊斋》里。王渔洋说他"厌作人间语"，应该是很了解他的话。就是他自己也承认，《聊斋志异》是一本有"寄托"的"孤愤之书"（《聊斋自志》），所以我们阅读《聊斋志异》，非但不能为它的神异色彩所迷惑，而且应该把它所含蓄的旨意找出来，这是最最重要的一层。

其次，我诚恳地建议读者，应该把《聊斋志异》当作以下三种书来看：

一、把它当作文学的作品来看：《聊斋志异》使用的是文言，在今天以白话作为表达工具的社会里，文言的使用——特别是用来创作，范围已越来越窄。但是就文学所负的使命和它对于艺术技巧的讲究来说，却是没有古今之分的，我们读《聊斋志异》，自然应该从这一方面去认识和注意。

二、把它当作社会的史料来看：文学作品是反映社会的，特别是《聊斋志异》，它的写作时间，超过了半个世纪（相当于清王朝的五分之一）。它所反映的不是某一个家族，也不是某一个阶层，而是这一段时间里中国社会的全貌，举凡一切政治、经济、文化的活动，我们都可以从四百三十多篇的《聊斋志异》里找到它的痕迹，它可以说是一部社会实录。我们要了解那个时代和社会，《聊斋志异》应该是值得注意的一部书。

三、把它当作哲学的书籍来看：蒲松龄在作品中批评社会、分析道理，固然代表了那个时期人们的情感和希望，但是在批评和分析中间，我们可以清清楚楚地发现他的价值观念。蒲松龄的思想，不可讳言的，含有一部分佛家的因果轮回和道家的神仙出世思想，可是在基本上，他仍然是儒家的嫡系子孙。他在《聊斋志异》里所表达的平实、正大、通达的人生见解，可以使我们得到许许多多的启发，对我们进德修业，是大有裨益的。

以上只是概略地说说《聊斋志异》的读法，当然，读书贵在自得，读者如果能从其他的方面去留意，进而得到身心上的助益，更是我们衷心所期望的了。

鬼狐世界的奇幻故事

壁上的美人

有一位叫孟龙潭的江西人，和一位姓朱的举人^①，都在京城里客居。有一天，他们两人忽然动了游兴，到一所寺院去走走。这所寺院的殿堂和禅房都不太宽敞，只有一个老和尚住在里面。他看见客人来了，便整理了一下衣服，出来迎接，领着他们到各处看看。

他们走进大殿，看见里面供着志公^②的塑像，那志公脸色莹彻，手脚都长得像鸟爪一样，很是奇怪。东西两面墙壁都画着图画，笔法细腻，构思巧妙，画中的人物，就像真的一样。东面的墙壁上画的是《天女散花图》，里面有一位少女，长发披肩，手里拿着一朵花儿，含羞地笑着，那樱桃小口仿佛要讲话似的，两个水汪汪的大眼，像是含蓄着无限的深情。那美丽动人的姿态，把朱举人看呆了，不觉心神荡漾，起了遐思。忽然，他的身体轻飘飘的，就像驾着云雾一般，走进壁画里面去了。

朱举人看见殿阁重重，美丽得像仙境一样。有一个老和尚，斜披着袈裟，正在座位上说法，围在四周听讲的人很多。朱举人站在拥挤的人群里面伸长着脖子听讲。他听了一会儿，好像觉得有人偷偷地拉了一下他的衣服，回过头去一看，竟是那位长发披肩的画中少女。她对他深情款款地一笑，掉头就走了。也不知道怎么一回事，朱举人竟不由自主地跟随着她。

他们穿过了一座弯弯曲曲的栏杆，转入一间小屋，朱举人停下脚步，不敢向前走。少女转过头来，看见朱举人还站在远处，便举起手里的花向他招手，朱举人这才壮起胆子赶上前去。

他们进了屋子，深情地依偎着，厮磨了许久，少女才关上门离开。她临走的时候，告诉他不要出声，说她到了夜晚，还会再来看他。

这样过了两天，她的同伴终于发现了他们的秘密。她们搜出了朱举人，便起哄说："已经有情郎了，还冒充小姑娘，也不害臊！"说着，便你拿簪子、我拿耳环地把她打扮成少妇的模样，那少女竟一时羞得说不出话来。

她们闹了好久，有一个少女忽然顽皮地提醒大家说："姐妹们！识相点儿，别尽耗在这儿，惹人讨厌！"经她这么一说，大伙儿便嘻嘻哈哈地走了。

朱举人这才有机会端详一下那少女的打扮：发髻梳得高高的，发鬟垂得低低的，比秀发披肩时的模样艳丽多了。他四顾无人，便又和她缠绵起来。她身上散出来的幽香，使他陶醉极了。

正当他们互相依偎，浑然忘我的时候，忽然听到门外有马靴走动的声音，脚步非常沉重。接着又听到铁链子和锁碰击的声音，不久，又有嘈杂的说话声，像是在争辩什么。那女郎一惊，连忙推开了朱举人，蹑手蹑脚地由窗缝向外偷看，只见一个面孔漆黑、穿着金黄色盔甲的使者，左手握着一把铁锁，右手提着一个木槌，很凶恶地站在院子里。

那些刚刚来过屋里的姐妹们，都诚惶诚恐地围绕着他。那金甲使者厉声问道:"人都到齐了吗？"那些女郎回答说:"到齐了。"

那金甲使者向她们扫了一眼,又警告说:"要是藏了下界的人,就赶快招出来,可不要自找麻烦！"那些女郎又齐声说:"没有！"

使者转过身来,眼光锐利地向小屋子看,像是要搜索似的。那女郎吓得不得了,脸色像死灰一般。她神色仓皇地告诉朱举人说:"快点躲到床下去！"说完,便打开壁上的小窗,慌慌张张逃走了。

朱举人躲在床下,不敢出一点儿声音。不久,便听到靴声来到了房内,只绕了一圈,又走了出去。过了一会儿,嘈杂的声音渐渐远了,心里才稍微平静下来,可是窗外仍然有走路和谈话的声音。朱举人在床下闷久了,只觉得耳朵里像有蝉叫,眼睛也直冒金星,那情况实在忍不下去了,可是又怕惹祸上身,只好仍然伏在床下,静静地等那女郎回来,一时竟忘记了自己到底打哪儿来的。

那时,孟龙潭在大殿里观赏,一转眼的工夫,便失去了朱举人的踪影,心里觉得有些纳闷,就问那引导的老和尚。老和尚微笑着说:"他听法去了。"孟龙潭又问:"在哪儿？"老和尚说:"就在跟前。"

过了一会儿,老和尚用手指弹着墙壁叫道:"朱施主怎么玩了那么久还不回来？"

不久,那壁上便现出了朱举人的形象,只见他歪着脑袋侧着耳朵站着，好像听到了什么似的。那老和尚又叫道："你的游伴等你很久了！"

朱举人听了，便恍恍惚惚地从壁上降了下来。落到地上以后，就像一根木头似的直挺挺地站着，眼睛睁得圆圆的，双脚一点劲儿都没有，好像灵魂已经出窍了。

孟龙潭看他那副模样，吓了一大跳。过了一会儿，才追问他到底是怎么一回事，朱举人这才恢复了神智。他说："我正伏在床下，忽然听见敲门的声音，就像打雷一样，便走出来瞧瞧，也不知怎么的，又回到这地上来。"他们向壁上一看，那手里拿着花的少女，发髻已经梳得高高的，不是先前长发披肩的打扮了。

朱举人惊诧地拜问老和尚，这是怎么一回事？老和尚宣了一声佛号，慢条斯理地说："一切的幻象都是由人自己脑子里发出来的，我老和尚哪里知道是怎么一回事呢？"

朱举人和孟龙潭听了老和尚的话，一个是闷声不响，一个是惶惑不解。于是两人便起身告辞，步下大殿的台阶，匆匆地离开了那座寺院。（改写自《画壁》）

【注释】

① 举人：清代科举制度，每隔三年，朝廷便特派官员到省城考试诸生的四书经义和策问等，凡是及格的考生就叫举人。

② 志公：指宝志禅师，俗姓朱，又称保志、志公，人称志公禅师，为梁武帝时的佛教高僧。

心不动念，一切的幻境便无由产生。朱举人的心里先有了淫亵的念头，所以便自然产生了淫亵的幻象。人的迷惘，都是由于不能消除自家心里的魔障。

老和尚回答朱举人的话，真是不解之解啊！

渔夫和水鬼

淄川（清县名，今山东省淄川县）城北有个姓许的渔夫，每晚打鱼的时候，必定提着酒到河边去喝。喝酒时总是先把酒洒在地上，祝告着说："河里的溺死鬼都来喝酒吧！"别人捕鱼，通常没有什么收获，唯有他总是满载而归。

有一天晚上，他正一个人在河边喝酒，有个年轻人走过来，在他身边踱来踱去。他便邀年轻人共饮，对方很爽快地接受了。

这个晚上一尾鱼也没捕到，渔夫感到很失望。年轻人站起来说："我到下游去为您赶鱼！"于是轻飘飘地走了，一会儿又回来说："大的鱼都被我赶过来了。"说完，果然听到河里鱼儿喳呷喳呷的声音。渔夫举起网子，一下子捕获了好多条，都有一尺多长。渔夫高兴得不停地向他道谢。

年轻人要告辞了，渔夫送他鱼，他不肯接受，说："屡次接受您的好酒招待，这一点点小事算得了什么，我还要您谢。如果您不嫌弃，以后我每天晚上都来陪您喝酒和赶鱼。"

渔夫说："你只和我喝了一个晚上的酒，怎么说是屡次呢？如果你肯天天来，那真是最好不过了，只是我没法报答你为我赶鱼的盛情啊！"问他的姓名，回答说："我姓王，没有名字，您就叫我王六郎好了。"于是两人便告别了。

第二天，渔夫卖了鱼，买了更多的酒，晚上来到河岸，王六郎已经先到了，两人高高兴兴地坐下来喝酒。喝了几杯，年轻人就为渔夫赶鱼。以后每天都是这样。

半年过后，有个晚上，年轻人忽然对渔夫说："和您相识以来，承您像兄弟一样地爱护我，使我格外感觉温暖，只可惜不久我们就要分别了。"王六郎语调凄凉中带着酸楚。渔夫很惊讶，连忙追问是什么缘故。

六郎几次要说出来，但话到嘴边又吞了回去，最后还是说："我们两人感情这么好，我说了，您或许不会惊慌吧！现在即将分别，不妨向您说实话！我实在是一个鬼，生前一向喜欢喝酒，几年以前的某一天，因为喝醉了酒而淹死在这里。以前您打的鱼比别人多，就是因为我在河里为您赶鱼，报答您屡次奠酒的恩德的缘故！明天我的罪孽满了，将会有替死的来，有了替身，我就可以投胎去了。您我相聚就只有今晚，所以非常感伤。"

渔夫起初听说他是个鬼，十分害怕，但是想到彼此长久地亲密相处，也就不觉得恐怖，同时也为即将分别而感叹。他斟满了酒说："六郎，把这杯酒喝了吧！不要悲伤了！你我每天相聚，一且分别，本来是令人悲痛的，但是既然你的罪孽已满，可以脱去劫运，这是可喜可贺的，悲伤反而不合情理咧！”于是两人对坐畅饮。

渔夫问替死的是什么人？六郎回答说：“老大哥明天到河边来看，晌午时分，有个渡河而掉进水里的女人，就是她了。”这时，村子里的鸡已经开始啼叫，六郎只好依依不舍地挥泪告别。

第二天，渔夫怀着几分畏怯的心情来到河边，等着窥看这件怪异的事情。果然看见有个妇人抱着婴孩来了，走到河岸就一脚掉进了水里，孩子被抛在岸边。渔夫眼见着那妇人扬起手蹬着脚又叫又喊的，一下子沉进水中，一下子又浮在水面，这样载浮载沉了好几次，忽然拖着湿淋淋的身子攀上了岸，坐在草地上喘息了片刻，就抱着孩子走了。

当这妇人溺水的时候，渔夫很不忍心，想要跑过去救她，转而一想，她是来代替六郎的，也就硬着心肠没有去救。等到妇人上了岸，他又怀疑六郎昨晚所说的话不灵验。

到了日暮，他背着渔具来到旧地，六郎又来了，说：“今天我们又聚会了，并且不再和您道别。”问是什么缘故，回答说：“那个妇人已经来替代我了，但是我怜悯她怀抱中的孩子。为了代替我一个人，就残害了两条性命，我怎么忍心得下？所以就舍弃了这一次投生的机会。再要等到有人来替代，不知要到哪年哪月，也许我们俩的缘分还没有尽吧。”

渔夫感叹着说：“像你这么好的心肠，一定可以感动上帝的！”

从此以后，他们又每晚相聚，和以前一样。

过了几天，六郎又来告别，渔夫以为他再度找到了替身。他却说："不是的。前次我那慈悲的念头，果然感动了天帝，现在派我到招远县（今山东省招远市）邬镇去做土地神，明天一早就要去上任，假使您不忘记旧交情，就请到那边探望我，不要怕路途遥远。"

渔夫向他道贺说："你因为正直而修成了神仙，真是令人快慰。但是神仙和凡人天地相隔，我就是不怕路途遥远，又怎能看得见你呢？"

六郎说："您只管前往好了，一切都不必顾虑。"他再三叮咛，然后才离开。

渔夫回家以后，即刻整理行装，打算朝东边去，他的妻子笑着说："这一路上有几百里，即使有邬镇这个地方，恐怕一个泥菩萨也没办法和你交谈。"渔夫听不进妻子的话，最后找到了招远县，向当地的居民打听，果然有个叫邬镇的地方。

他找到了邬镇，便在一间旅店里歇脚，并问旅店主人土地庙在哪里？主人惊异地说："莫非您就是许先生吗？"渔夫惊奇地说："是啊！你是怎么知道的？"主人又问："那您的家乡是淄川了？"

渔夫更觉得奇怪，说："是啊！你怎么知道的呢？"主人没有回答就立刻跑了出去。一会儿的工夫，男人们都抱着婴孩，妇女和儿童都躲在门外偷看，许多人一拥而上，把渔夫围得紧紧地，像一堵墙似的，渔夫越发地感到莫名其妙。

这时大家才你一嘴、我一舌地对渔夫说："前几个晚上，我们都梦见了土地神，他说有一位住在淄川的许先生要来，要我们为他准备路费。我们已经恭候几天了。"

渔夫也觉得很不可思议，就到庙里去祭拜，并且祝告说："和你分别以后，就是在睡梦里也想着你，我现在从遥远的地方前来赴约，蒙你托梦给这里的百姓，我心中实在感激。我没有带什么好的礼物来，只有一杯薄酒，如果你不嫌弃，就请像从前在河边那样把它喝了吧！"祝告完毕，接着焚烧纸钱。顷刻间，一阵风从神座后面吹出来，在渔夫的四周旋转，大约过了一个时辰才散去。

夜里，渔夫又梦见了这个年轻人，他穿戴极为考究，和平日大不相同。他道谢说："劳您的驾大老远地来看我，使我既兴奋又感动。只因为担任这微小的职务，不便和您会见，虽近在咫尺，却仿佛是遥隔天涯，怎不叫人忧伤满怀？父老们预备了一份薄礼相送，这只是我的一点点心意。您回去的时候，我会来送行的。"

住了几天，渔夫要回去了，老百姓殷勤恳切地留他，早上请、晚上邀地，款待他喝酒吃饭，并且一天有好几户人家轮流做东。最后，渔夫坚决要走，大家便争着送他礼物。有的送钱，有的送东西，一大早，就装得满箱满袋。全村子的人，老的小的，都来送行，一直送出村口。一路上，大风扬起，随着渔夫走了十几里路。

渔夫一再地作揖说:"六郎!你请珍重!不再劳你远送了。你心地仁慈,必定能够造福一方,保佑老百姓的,这用不着老友来嘱咐了。"这阵大风盘旋了许久,然后才消失。村人也又惊又叹地回去了。

渔夫返回家乡,经济稍微宽裕了些,也就不再外出捕鱼了。后来遇见了招远县的居民,向他们询问有关土地神的事儿,都说:和从前一样地灵验。(改写自《王六郎》)

【短评】

人、鬼、神代表着三种不同的境界。一行不慎,便沉沦为鬼;一念慈悲,便提升为神。

王六郎的由人而鬼而神,正是作者给我们的一种启示。

道士种梨

有一个乡下人推着一车梨到街上去卖,他的梨又甜又香,可是价钱却卖得很贵。

有一个衣衫褴褛的道士,来到车前向他乞讨,乡下人呵斥他,他也不走。乡下人动了肝火,着实地骂了他一顿。道士说:"你整个车上有几百个梨,我出家人只向你乞讨一个,对于你也没有多大损失,为什么要动气呢?"旁观的人也劝卖的选一个不好的梨给他，打发他走，可是这个卖梨的乡下人说什么也不肯。

这时街边店铺里有个伙计，看见他们吵闹个没完，就掏出钱来买了一个梨送给道士。道士连声道谢，并且告诉众人说："我出家人可从来不懂什么叫吝啬，我有很好的梨，让我拿出来请客。"有人嘲讽说："你既然有梨，为什么不自己吃呢？"

道士说："我必须用这个梨核做种子。"于是抱着梨子大啃，吃完了，手里捏着梨核，从肩膀上解下了铁铲，将地挖了几寸深，然后把梨核放进去，再盖上泥土，又向街上的人要水来浇。有个好事的人在路边的店里要到了一桶热水，道士居然也接过来往上面浇。

所有的人都把眼光集中在道士的戏法上，只见地上忽然冒出一棵嫩芽来，渐长渐大，不久就成了一株枝叶扶疏的梨树。一下子花也开了，又一下子果也结了，梨子很大，而且芳香扑鼻，一个接着一个，挂满了枝桠。道士于是从树上摘下来送给观看的人吃，很快就摘完了。接着道士就用铲子来砍树，发出了"铮铮"的声音，过了好久，才把它砍断。他就连枝带叶地扛在肩上，从从容容地走了。

在道士变戏法的时候，那个卖梨的乡下人也挤在人群之中，伸着脖子注意看，竟然忘记了自己是干什么的。道士离开后，他回过头来看看车子，梨已经统统不见了，而车子的把手也不晓得到哪儿去了。他这才明白：道士用来请客的，都是他的东西，而扛走的梨树，正是他的车把手。整个街上的人，都笑得东倒西歪。

（改写自《种梨》）

　　吝啬对于别人固然是一种刻薄，而对于自己更是一种伤害。常人只见到有形的亏耗，却看不到无形的损失。

　　这篇想象力丰富的小说，不正是说明这一个事实吗？

王七学道

　　乡里有个姓王的，排行第七，家境很不错。他年轻的时候就向往道术，听说崂山（在山东省境胶州湾东岸，即墨县南）上住着许多仙人，就背着行囊去寻访。

　　他爬到了一个山顶上，看见一处道观，四周都是茂林修竹，环境非常清幽。观里有个道士，在蒲团上打坐，银白色的头发一直垂到颈子底下，可是精神却非常健旺。王七和他交谈，他所说的都是些玄妙的道理。王七倾慕极了，就请道士收他为徒弟。

　　道士说："你一向娇生惯养的，恐怕吃不了这种苦吧？"王七见道士不肯答应，便一再说明自己对道术的向往，就是吃苦受罪，也心甘情愿。道士见他心意诚恳，也不好过分拒绝。

　　道士的徒弟很多，在傍晚的时候，全部集合在一块儿，王七一一和他们行礼，于是就留在观里了。

　　天刚放亮，道士就把王七喊去，交给他一把斧头，叫他跟着其他的徒弟一同去砍柴。王七很恭敬地照办了。从此，王七每天都得砍柴。砍了个把月，他的手脚都起了厚厚的茧，再也受不了那种苦，心里就暗暗地兴起了回家的念头。

有一天，王七砍了柴回去，看见两个人和师父一起喝酒，太阳早已下山了，灯火还没有点起来。他的师父便把一张纸剪成像镜子一样，粘贴在墙壁间。不久，那面纸镜子竟像月亮一样放出清光，室内被照得连一根毫毛都看得清清楚楚。这时，所有的徒弟都围在四周，听候差遣。

有一位客人说："这样美好的夜晚，大家应该来同乐一下才是。"于是拿起桌上的酒壶，倒酒给徒弟们喝，并且告诉他们，可以喝个痛快。王七心里直犯嘀咕：总共七八个人，一壶酒怎么应付得了？只见那些徒弟有的找碗，有的寻杯，争先恐后地抢酒喝，惟恐酒被别人喝光了。可是酒壶里的酒，一遍又一遍地倒，居然还是倒不完。王七觉得奇怪极了。

过了一会儿，另一位客人说："虽然我们沐浴在月亮的清辉里，可是这样静悄悄地喝酒，也没有什么情趣，为什么不请嫦娥来陪陪呢？"于是就把筷子投到月亮上去。不久，就见到一个美人，从月亮里走了出来。起先，身长还不到一尺，可是落到地上，便和普通人一样高了。这个美人，腰身细细的，颈项也长得白白嫩嫩的，轻轻盈盈地跳着霓裳舞[①]。跳完以后，接着唱起歌来：

神仙啊！

你回到了尘寰啊！

却把我留置在广寒宫^②啊!

她的歌声非常清新悦耳,美得像箫的吹奏一样。唱完了歌,就轻妙地飞了起来,跳到桌子上。就在徒弟们惊奇地注视的当儿,又变成了筷子。主客三人快乐地大笑起来。

一位客人又说:"今天晚上最快活了,酒也差不多喝够了。我们到月宫里去喝两杯再分手怎么样?"于是三个人就带着酒菜,渐渐地进入月亮之中。大家看见这三个人在月亮里喝酒,连胡子和眉毛都看得清清楚楚,就如同镜子里的人影一样。

过了一阵子,月光渐渐地暗淡起来,徒弟点燃了蜡烛,只见道士一个人孤零零地坐着,两个客人早已不见了,桌子上还残留些果核酒菜。

墙壁上的月亮,仍然是一张圆纸。这时,道士开口问大家:"酒喝够了吧?"大家都说:"喝够了。"道士说:"喝够了就该早点上床,不要耽误明天的砍柴。"大家答应着就去睡了。王七心里很羡慕师父的法术,便打消了回去的念头。

又过了一个月,王七受不了苦,而道士又不肯教他一点法术。他实在不能耐心地等下去了,就向师父告辞说:"弟子从几百里外的地方来跟老师学艺,纵然您不肯教我长生之术,也该教我一点小本事,使我有个指望。现在已经过了三个月,每天都是早上出去打柴,天黑以后回来。弟子在家里,可从来也没有吃过这样的苦!"

道士笑着说："我老早就说你吃不了苦，现在果然被我说中了。好吧！明天早上我就打发你走。"

王七说："弟子做了这么多天的工，老师随意教我一点小本事，也不算白来了这一趟。"

道士问："你想学点什么法术？"

王七说："每次看见老师要走过的地方，墙壁都挡不住，只要学到这一套本事就够了。"道士笑笑，答应了他。

道士把口诀教给了王七，叫他照着咒念，念完了，道士教他进墙，王七犹豫着不敢进去。道士说："不妨试试。"王七果然从从容容地对着墙走去，可是刚碰到墙，就给挡住了。

道士说："低着头冲进去，不要犹豫！"王七照着吩咐，先离墙好几步，然后再死命向前冲；穿过了墙壁，好像什么东西也没有碰到，回头一看，自己已在墙壁外面了。

王七高兴得不得了，马上进去拜谢老师。道士叮咛说："你回去以后，要好好修身养性，要不然，这套本事就不灵了。"于是又送他一些路费，打发他回去。

王七回到家里，自吹遇到了神仙，只要作起法来，再坚固的墙也挡不住他。他的太太不相信。王七就学道士的方法，试给他太太看：先离开墙几尺远，然后低着头死命冲过去。可是头却碰到坚硬的墙壁，身子突然倒了下去。他太太扶起来一看，脑袋上已经起了一个像鸡蛋一样的大包。（改写自《崂山道士》）

【注释】

① 霓裳舞：相传唐玄宗游月宫时，见许多仙女都穿着素练霓裳翩翩起舞，舞曲为《霓裳羽衣曲》，后来便称这种舞蹈为霓裳舞。

② 广寒宫：相传唐玄宗游月宫时，见宫门上题着"广寒清虚之府"，后世便称月宫为广寒宫。

【短评】

学问的成就，需要时间和耐心。轻浮和骄惰的人，永远不能走进它的堂奥。只剽窃到一点皮毛，就自吹自擂，适足以成为世人取笑的对象。

长清高僧

长清（清代县名，今山东省济南市长清区）有个和尚，道行高洁，八十多岁了，精神还很健旺。有一天，突然倒地不起，庙里的和尚赶忙跑过去救他，发现他已经圆寂了。

那和尚自己也不晓得已经死了，灵魂一直飘荡到河南地界。河南有一个世家子，带领着几十个随从骑马打猎，马忽然狂奔，那世家子便摔死了。

巧的是那世家子摔下来的时候，正好碰到了和尚的灵魂，于是灵和肉合而为一，世家子又渐渐地醒转过来。

家里的仆人都围过来问他的伤势，他张大了眼睛说："奇怪！我怎么会在这里？"众人以为他脑子摔坏了，也不再多说，便把他扶了回去。

他回到家里以后，那些妻妾丫鬟纷纷过来慰问他。他非常吃惊地说："我是个和尚，怎么会到这里来？"家里的人也以为他脑子摔坏了，一起揪着他的耳朵想让他恢复记忆。

那和尚也不为自己解释，只是闭着眼睛，不再说话。家里的人给他素食，他就吃；给他酒肉，他就拒绝。夜晚总是一个人单独睡，不受妻妾的侍候。

几天以后，和尚忽然想走几步，众人都很高兴。待他走出来，只坐了一会儿，便有一些仆人捧着金钱、米谷的账簿请他核算。他借口生病，精神不好，统统推掉了。只是一味地问，山东长清县是怎么个走法。大家告诉他以后，他便说："我闷得有些发慌，想到那里走走，你们快替我备好行装。"众人都说病体刚刚复元，不适合长途跋涉，他不肯听，第二天便出发了。

他到了长清，看到风物全跟往昔一样，也不需打探走法，就一路来到他从前所住的庙宇。小和尚们看见贵宾莅临，招呼得非常恭敬。

于是他就向小和尚打听："你们老和尚到哪儿去了？"

小和尚说："我们师父已经圆寂了。"又问老和尚的坟墓所在，大家便把他带去。一看是个三尺高的孤坟，荒草还未滋长起来。和尚们也不晓得他到底想干什么，都在一旁看着。

不久，和尚们预备骑马回庙，他便嘱咐说："你们师父是位得道的高僧，所留下来的教训，应该恪守不渝，不要坏了佛门清规。"众和尚齐声说"是"，他便走了。

他回去以后，只是静心默坐，像个木偶似的，对于家中大小事情，一概不管。

过了几个月，又逃回从前所住持的庙宇。他跟徒弟们说："我就是你们的师父。"和尚们以为他胡说，只是笑笑。

老和尚见他们都不相信自己所说的话，便跟他们说明还魂的经过，以及平生所做的一切，和尚们这才明白。于是，弟子们仍然请他住在老地方，像从前一样地侍候他。

后来公子的家人屡次派车马来，哀求他回家，可是他一点也不理会。

又过了一年多，夫人又派老管家带了很多东西给他，他除了接受一件布袍之外，其他的金银绸缎统统退了回去。

笔者有几个朋友偶然到长清，曾经到那座庙宇去拜望他。他们都说老和尚的为人，诚恳厚道，不太爱讲话；年龄看起来只有三十来岁，却往往叙说八十多年前的事儿。(改写自《长清僧》)

【短评】

道行高便不会堕落，性情定便不会动摇。面对一切纷华靡丽，能保持心性的清净，纵然是形体已经离去，也不妨碍精神的超越升华。

人蛇之间

东郡有一个人，以玩蛇为业。他曾经蓄养过两条驯良的蛇，都是青色的：大的那条叫大青，小的那条叫二青，两条青蛇的额上都有红点子。它们性情温顺，而又善解人意，玩起来上下盘旋，没有不听从指挥的。因此，玩蛇的人对它们的爱护，也就不同于他所蓄养的其他蛇了。

过了一年，大青死了，玩蛇的人想找一条蛇来补缺，可是还没有工夫去找。有一夜，他寄宿在荒山的寺庙里，天亮后，打开蛇箱一看，二青也不见了。玩蛇的人非常失望和懊恼，到处搜寻，大声地喊叫，一直见不到它的踪影。

他想到从前，每一遇到草树茂密的地方，往往把它放出蛇箱，让它逍遥一番，不久它都会回来。因为这个原因，玩蛇的人只好指望它自己回来了。于是他就坐在那里等，直到太阳升高了，他也感到绝望了，才闷闷不乐地离开寺庙。

他刚走出大门几步，就听到芜蔓的草丛中有窸窸窣窣的声音。他惊愕地停下脚步，回头一看，原来竟是二青回来了。他高兴得不得了，就像得到了至宝一样。他把肩上的担子放在路边，二青也跟着爬到那里停下了。一看二青的后头，居然有一条小蛇追随着。

他抚摸着二青说："我以为你跑掉了。那个小朋友可是你引来的吗？"于是拿出食物来喂它，同时也喂了新来的小蛇。小蛇虽不离开，但是却畏畏缩缩地不敢吃东西。二青把食物含在嘴里喂它，就好像主人让食于客人一样。玩蛇的人再喂它，小蛇才敢进食。吃完以后，跟随着二青一起进入蛇箱。

玩蛇的人把小蛇挑去训练，小蛇的盘旋曲折都合乎规矩，和二青没有多大不同，因此就称它为小青。他带着它到各处献技，赚到了不少钱。

大抵玩蛇的人用来表演的蛇，只以二尺长为限；再大蛇身就太重，玩起来不灵活，便要换一条新的了。但是因为二青温驯，所以不忍心立刻把它丢掉。又过了两三年，二青长到三尺多长，在蛇箱里躺着，把蛇箱塞得满满的，这才决定让它自寻生路。有一天，玩蛇的人走到淄川的东山间，喂了二青一些可口的东西，向它祝祷了一番，就把它放了。

二青走了以后，不久又回来，蜿蜒于蛇箱之外，舍不得离开。玩蛇的人挥挥手说："走吧！二青！天下没有百年不散的筵席。从今以后，你藏身在深山大谷里，一定会成为神龙的，蛇箱之中又如何可以常住呢？"二青这才离开。

玩蛇的人目送着它离去。可是过了一会儿，它又回来了，并且用它的头来碰蛇箱，小青在箱子里，也动个不停。玩蛇的人恍然大悟地说："是不是要跟小青告别？"于是打开蛇箱，小青便从里面爬出来，和它交头吐舌，好像是在絮絮话别。接着两条蛇一起爬走了。玩蛇的人以为这下子小青不会再回来了，可是不久便见到小青孤零零地回来，爬到蛇箱里躺着。

玩蛇的人自二青走了以后，时时刻刻都想找一条好蛇，可是始终没有中意的。接着小青也渐渐长大，不能表演了。

当二青被放走以后，很多樵夫都曾在山中见过它。又过了几年，它的身子有好几尺长，粗得像碗口一样，渐渐地出来追人，于是商旅们都互相告诫，不敢再经过那条路。

有一天，玩蛇的人经过那里，蛇像风一样地突然出现。玩蛇的人吓得半死，拔腿就跑。可是蛇追得更紧，他回过头来一看，已经快被追上了。突然发现那条蛇的头部，还清清楚楚地有个红点子，这才想起它就是二青。于是他放下担子叫道："二青！二青！"蛇立刻停止不动，昂起头来对他凝视了许久，然后用身子缠绕着他，就像从前表演时的情况一样。玩蛇的人察觉二青没有一点儿恶意，只是蛇身太重，被它缠得受不了。他倒在地上呼叫着、祝祷着，二青这才放开了他。二青又以头碰击蛇箱，玩蛇的人领会它的意思，把蛇箱打开，放出了小青。二条蛇相见，彼此缠绕着，像糖胶一样，过了许久才分开。

玩蛇的人于是向小青祝祷说："我老早就想和你告别，今天你已经有同伴了。"又跟二青说："小青本来是你带来的，现在你可以再把它带走。我有一句话要叮嘱你：深山里食物并不缺乏，你可不要骚扰行人，免得遭受天神的处分。"两条蛇垂着头，好像接受了他的劝告，一前一后地爬走了。

玩蛇的人痴痴地站在那儿，直到看不见它们的影子才怅怅地离开。（改写自《蛇人》）

蛇只是一种动物，但是它却依依不舍地眷恋着故人，而且非常乐意接受别人的劝告。

这篇描写细腻而富有人情味的小说，它告诉了我们什么？

找回来的心

太原有个姓王的书生，清晨起来散步，遇到一个女郎，手里拿着包裹，慌慌张张地赶路，好像后面有什么人追来似的。那姓王的觉得有点儿奇怪，就加快脚步跟了上去。一看之下，原来是一个十六七岁的美人儿。

王书生见她生得漂亮，又一副楚楚可怜的样子，便不觉有了几分爱意。于是他走到跟前搭讪道："大清早上，姑娘要上哪儿去呀？怎么一个人在这里赶路？"

那女郎转过头来看了他一眼说："你这人也奇怪，我跟你一不沾亲，二不带故，我的事你管得了吗？"

王书生说："这倒说不定。如果有用得着的地方，我王某人是绝对不会推辞的。"

那女郎听了，便神色黯然地说："其实告诉你也无妨。我的父母贪图钱财，把我卖到一个大户人家。那大老婆心眼儿窄，容不下我，早晚都得挨她打骂。这种日子，我真受够了，想来想去，

51

还不如走了的好！"

王书生问道："那你准备到哪儿去呢？"

那女郎回答说："潜逃的女人，哪里会有一定的去处？"

王书生说："我家就在附近，何不到那儿歇歇？"那女郎听了非常高兴，就接受了他的邀请。王书生替她拿着包裹，领着她一起回家。

女郎看见屋子里没有别的人，便问："你家里怎么没有人呢？"

王书生回答说："这只是我的书房。"

女郎说："这儿倒是藏身的好地方。你如果可怜我，不让我死，就请你保守秘密，千万不要泄露出去。"王书生满口答应，两人就在一块儿睡了。

王书生让那女郎躲在密室里，一连好几天都没有人知道。后来，他憋不住了，便跟妻子透露了一点口风。他妻子姓陈，非常贤淑，疑心那女郎是大户人家的小老婆，劝丈夫赶快把她送回去，可是那王书生说什么也舍不得。

有一天，王书生在街上遇到了一个道士，那道士看见他，吓了一跳，问他最近可遇到了什么。王书生说："没有。"道士说："你的身上明明罩着邪气，怎么说没有呢？"王书生又极力辩解。

道士无可奈何，便叹口气说："真糊涂啊！世上居然有死到临头还不醒悟的人！"说完便走了。

那王书生觉得道士的话里有点文章，对那女郎也就起了疑心。可是接着一想："她明明是个美人儿，怎么会是妖怪呢？一定是那道士穷慌了，想借驱邪骗点钱用吧？"也就没有把这件事放在心上。

不久，他走到自家的书房门口，门的里面居然已经闩了起来，没法子进去。他疑心女郎可能在搞什么鬼，就从破墙上爬了过去。这时，他赫然发现，房间的门也被锁上了。他蹑手蹑脚地从窗缝向里面一看，只见一个青面獠牙的女鬼，正把一张人皮铺在床上，握着彩笔作画呢。画了一会儿，她丢下了彩笔，拿起人皮来披在身上，竟又变成一个绝色的女子。

王书生看到这种情形，吓得魂不附体，连忙爬了出来。他急急忙忙地去追赶道士，可是已经不知道上哪儿去了。他到处寻找，后来在一处旷野把他找着了。王书生跪在道士前面，求他救命。

道士说："好吧！我替你把她赶走就是了。说起这个东西，倒也怪可怜的，好不容易才找到了一个替身，我也不忍心一下子伤害她的生命。"于是就交给王书生一个拂尘（掸灰尘和驱蚊蝇的一种工具，也称拂子，多半是用马尾巴毛做的），叫他挂在卧房的门口。临走的时候，两人约定下次在青帝庙碰头。

王书生回家以后，不敢再走进书房，便睡在内室里，并把那个拂尘挂在门口。大约到了一更天的时候，他听到门外有轻微的脚步声，他连忙把头缩在被窝里，却叫他的妻子去偷看。只见一个女子走来，看到道士的拂尘，便不敢继续向前走，只是站在那儿，把牙齿咬得格格地响。过了好久，她才恨恨地离开。

不一会儿，她又转了回来，骂着说："该死的老道！竟来吓你老娘！难道说吃到嘴里的东西还吐出来不成？"说着，便取下拂尘，把它扯得粉碎。她又用力地撞破房门，一直走到王书生床前，撕开他的肚皮，掏出他的心脏，然后才扬长而去。

王书生妻子吓坏了，过了半天，才大喊救命。丫鬟们听到喊声，都一起跑了进来，点亮蜡烛一照，发现王书生已经死了，肚子里的血，流得到处都是。陈氏看了，又害怕又伤心，只是默默地流着眼泪，一时也不敢张扬开来。

第二天，陈氏叫小叔二郎到青帝庙去告诉道士。道士听了，大为光火，咬牙切齿地说："可恼呀！可恼！我本来是可怜她，才留下她这一条小命，没想到她的胆子竟然这样大！"

说着，就跟二郎到王书生家里来。这时，那女鬼已经不见了。道士抬起头来向四面一看，说道："还好，她未曾逃远。"又问："南面的院子是什么人家？"二郎回答说："我就住在那儿。"

道士说："现在那女鬼就在你家里。"二郎听了，大吃一惊，以为不太可能。

道士见他不信，便问道："今天你家可有陌生人来？"

二郎说："我大清早赶到青帝庙去，还不晓得，待我回去问问看。"

二郎去了一会儿，回来告诉道士说："真有这么一回事。早上有个老太婆来，想要到我家帮佣，我妻子已经把她留下来了，现在还在那儿呢！"

道士说："就是这个东西了。"便跟二郎一起回去。

道士祭起木剑，站在院子当中，大声呼喝道："恶魔！还我拂尘来！"那老太婆在房里，吓得面无人色，正待夺门而逃，道士追上去就是一剑，那老太婆倒在地上，人皮"啪"的一声掉了下来，化成一个恶鬼，躺在地上叫得像猪嚎一样。

　　道士用木剑砍下她的头，她的身子竟化为一缕浓烟，在地上绕成一团。道士拿出一个葫芦，拔下塞子，放在烟的中间，那一团烟顷刻之间统统被吸了进去，就像人的嘴巴吸气一样。道士便把葫芦塞住，藏在袋子里。大家再看那张人皮，眉目手足没有一样是不完全的。道士把那张人皮卷了起来，声音如同卷起画轴一样。料理告一段落后，便准备告辞了。

　　陈氏见道士要离去，就跪在门口请求道士救救她的丈夫。道士推说无法可想。陈氏听了，越发哭得悲伤，伏在地上不肯起来。道士沉思了一会儿说："我的道行还不够，实在不能使你丈夫回生。不过我可以告诉你一个人，他也许能帮你的忙。"

　　陈氏问这个人是谁？道士说："街上有个疯子，时常睡在肮脏的泥土上。你可以去哀求他。假如他无理地羞辱你，你可千万不要动气。"二郎在旁，也牢牢记住了道士的吩咐，便和他作别，跟嫂嫂一起前往。

　　他们看见那乞丐正疯疯癫癫地在路上高歌，鼻涕拖得好长，脏得让人没法子靠近。陈氏跪在地上慢慢往乞丐的前面移。

　　乞丐笑着说："美人儿可是看上了我？"陈氏便把来意告诉他。乞丐又大笑说："像你这样见了一个就爱一个的烂货，还有什么脸活着？"陈氏仍然哀求不已。

乞丐说："你这人也奇怪！丈夫死了要我来救活，我难道是阎罗王不成？"说着，就愤怒地用拐杖来打陈氏，陈氏强忍着痛楚，一点儿也不敢吭气。

这时候，街上的人慢慢地围集过来，就像一堵墙一样。乞丐突然在手上吐了一大口痰，然后把手伸向陈氏的嘴边，要她吃掉。陈氏涨红着脸，显得有些为难，可是一想到道士的吩咐，便硬着头皮把痰吞掉了。只觉得那痰进入了喉管以后，就像一团棉花一样，很不容易下咽，老是停在胸口。

那乞丐看见陈氏吞下了痰，又大笑起来说："这美人儿还真是死心塌地喜欢我呢！"于是，头也不回地走了。

陈氏跟二郎在后面追赶，见他进入一个庙中，一闪就不见了。他们到处寻找，始终不见人影，心里真是又惭愧又愤恨！

陈氏回家以后，想到丈夫死得这么惨，自己又平白受到这般羞辱，哭得死去活来。当她清理血迹、收殓尸体的时候，家人只是站在一旁看，没有一个人敢靠近。

陈氏抱着尸体，把肠子放回肚子里，一面料理，一面哭泣，连声音都哭哑了。这时，她突然觉得有点想吐，那梗在胸口的东西，也趁着这个时候直往外冲，她还来不及去接，就已经掉进了丈夫的胸腔。她仔细一看，原来是一颗人的心脏，还在胸膛里直跳呢！

她惊讶极了，连忙用双手把裂开的胸腔合起来，摸摸尸体，居然渐渐有了热气。她把一床绸被子盖在丈夫的身体上，到了半夜起来看，王书生又有了呼吸。天亮以后，他便活过来了。

王书生说："我一直恍恍惚惚，好像在做梦一般，只觉得胸腔还隐隐约约的有点儿痛。"再看看他的伤口，已经结成铜钱一样大的疤，不久，便全好了。（改写自《画皮》）

【短评】

美色的诱惑，往往使人丧失心智。姓王的自己贪图美色，却让他的妻子用极大的屈辱作代价。所谓"天道好还"，我们读了能不戒惕吗？

荒寺女鬼

浙江人宁采臣，生性豪爽，举止方正，一向珍惜自己的羽毛。他时常对人说："生平不好女色。"

有一次，他到了金华，在城北的一座寺庙里歇脚。寺庙里的大殿和宝塔建筑非常壮丽，可是杂草却长得有一人多高，好像没有什么人来往。大殿的东角，是片竹林，大大小小的竹子，长得很茂密。台阶的下面，有一个很大的池塘，池塘里的野荷花正盛开着。东西两面的僧房，门是虚掩着的，把门推开，里面竟空无一人，触目所见，尽是蛛网尘灰。

宁采臣想："城里的房租很贵，难得寺里如此清幽，何不暂时在这儿落脚？"主意已定，便放下肩上的行李，在西面僧房住了下来。

那天夜晚，月亮分外的皎洁，月光像水色一样。宁采臣初到一个环境，翻来覆去，怎样也睡不着。他索性披起衣服，踏着月色，到处走走。他走到一个短墙底下，听见有人窃窃私语，好像那里有个住家似的，于是他就从墙的缺口偷偷向外张望。

原来短墙的外面，是一个小院子，院子里有一个妇人，大约四十来岁，还有一个老婆子，穿着褪色的长衣，头上插着一把大银梳，一副老态龙钟的样子，正跟那妇人在谈话。

那妇人说："小倩怎么还未来？"

老婆子说："差不多要来了。"

妇人又问："是不是她又跟姥姥说了些埋怨的话？"

老婆子说："没听她说什么，只是看那样子，好像有点不高兴。"

妇人说："这个丫头可不是好对付的。"

话还未说完，就有一个十七八岁的女郎走过来，看上去十分漂亮。老婆子笑着说："背地里不说人家的是非。我俩正谈着你，你这小妖精就不声不响地来了。好在我们没有说你什么坏话。"接着又说，"小娘子真像是画中的美女，假如我是男人，我的魂魄也会被你摄去的。"

那女郎撒娇说："姥姥不说我好，那还有谁说我好呢？"接着那妇人和女郎之间又不知说了些什么话。

宁采臣以为这几个女人都是邻居的家眷,就不再听她们谈话,回去睡觉了。正要睡着,便觉得有人来到他睡的地方。赶忙从床上跳起来,仔细一瞧,竟是刚刚见过的那个女郎。他大吃了一惊,问她来做什么?

女郎说:"月色这样美好,一个人实在睡不着,想跟你做个伴。"

宁采臣立刻板起脸孔说:"请你放庄重些!你不怕人家说闲话,我可是怕人家批评的。我宁某一向谨慎,绝不会因此把道德廉耻断送!"

女郎说:"现在夜已深了,不会有人知道的。"宁采臣又拒绝了她。女郎退了几步,还想说话。

宁采臣呵斥道:"赶快给我走!不然,我就要大声嚷嚷了。"那女郎这才害怕,退了出去。

那女郎走到门外不久,又折了回来,手里拿着一锭黄金放在宁采臣的褥子上。

宁采臣看都不看一眼,抓起来就往门外的台阶上扔,生气地说:"这种不义的东西,我还嫌它弄脏了我的行囊呢!"

女郎被他说得无地自容,不声不响地走了出去,一面拾起黄金,一面自言自语地说:"这汉子的心肠大概是铁打的!"

第二天早上,有一个兰溪(清代县名,今浙江省兰溪市)书生,带着一个仆人来到庙中,预备参加考试,住在东面的厢房里。到了夜晚,他突然死了。只见他的脚掌心有个小孔,就像被锥子刺的一样，血水一滴滴地从孔里渗出来，大家都不知道是什么原因。过了一夜，那个仆人也死了，症状完全和他的主人一样。

那天夜晚，那女郎又来了，她跟宁采臣说："我的名字叫聂小倩，十八岁的时候就死了，葬在寺庙的旁边，经常被那些妖怪胁迫，做些伤天害理的事。凡是跟我亲近的人，我便暗地用锥子刺他的脚心，使他昏迷过去，然后再吸他的血，供那两个妖怪饮用。或者拿些黄金去诱惑他——其实并不是真正的黄金，而是罗刹鬼的骨头；只要对方接受了，就可以挖取他的心肝。金钱和女色，都是一般人所喜爱的。因为你刚正不阿，不为这两样东西所诱惑，所以才能逃过这次劫难。我也被您的人格所感化，决心摆脱那两个妖怪的控制，不再害人。"（改写自《聂小倩》）

【短评】

妖邪永远胜不了正道。宁采臣所秉持的是读书人的一种"慎独"的功夫，所以才能排除美色与金钱的诱惑，也保住了自己的名誉和性命。

兰溪书生的死，正与宁采臣的行径，作了一个明显的对照。

张氏兄弟

明朝末年，山东大乱，张炳之带着妻小离开家乡到他方去避难。走在半路上，他的妻子被乱兵抢走了。张炳之到了河南，便在那儿安家落户，并娶了当地的一个女子为妻，生了个儿子名叫张讷。没有多久，新娶的妻子也死了，他又娶了一个姓牛的妇人为继室，生了个儿子名叫张诚。

这位牛氏非常的泼辣，视炳之前妻所生的张讷为眼中钉，把他当作奴隶一般的使唤。每天只给他吃一些粗恶的食物，并且要他去砍柴，如果砍不到一担，就得挨打挨骂，那种日子简直不是人过的。可是牛氏对自己的儿子张诚却相当好，每天都藏些可口的食物给他吃，并且让他跟私塾里的老师读书。

张诚渐渐地长大了，本性很孝顺，对兄长也极敬爱，看到了哥哥的劳苦，很不忍心，背地里常常劝母亲不要那样，母亲总是不听。

有一天，张讷上山砍柴，遇到了一场大风雨，就到岩石下躲避。等到雨停了，天也黑了，肚子里饿得咕噜咕噜响，于是就背着柴火回家了。

牛氏检视一下，发现砍来的柴火不到一担，非常生气，不让张讷吃饭。张讷饿得不得了，心里就像是一团火在燃烧，走进卧室，直挺挺地躺着。

张诚从私塾里回来，看到哥哥一副有气无力的样子，就问道："哥哥可是生病了？"

张讷说："病倒是没有，只是肚子有点饿罢了！"张诚探问原因，张讷便照实地告诉了他。张诚一声不响，凄恻地离开了。

不久，张诚从怀里拿出一块饼来给哥哥吃，哥哥问他从哪里得来的。张诚说："我偷了面粉请邻妇做的，你只管吃，不要多说话。"

张讷吃了，嘱咐弟弟说："以后可别这样子，被母亲发现了，恐怕会连累到你。况且，每天吃一顿，也不至于饿死呀。"

张诚说："哥哥身体向来就衰弱，不吃东西，怎么能砍那么多的柴。"

第二天，吃过了早饭，张诚就偷偷地上山，到哥哥砍柴的地方。哥哥见了，惊讶地问："弟弟，你要干什么？"

张诚回答说："我是来帮哥哥砍柴的。"

张讷又问："是谁叫你来的？"

张诚说："是我自个儿来的。"

哥哥说："且不说弟弟不会砍柴，你即使会，还是不行的。"于是便赶弟弟回去。

张诚不肯，执意要帮哥哥把柴火折断。他并且说："明天我还会带斧头来。"

哥哥走上前去阻止他。看到他的指头刮破了，鞋子也穿孔了，悲痛地说："你再不赶快回去，我就用斧头砍断自己的脖子！"张诚这才回去。张讷送到了半途，才回到自己砍柴的地方。

张讷砍完柴火回去，到私塾中嘱咐张诚的老师说："我的弟弟年纪小，请不要让他乱跑，山里的老虎多极了。"

老师说："今儿上午，他不知道跑到哪儿去了，我已经打了他几板子。"

张讷回去告诉张诚说："不听我的话，今天可挨板子了。"

张诚笑着说："没这回事。"

第二天，张诚藏着斧头又到山里去。哥哥惊骇地说："我一再地告诉你别来，为什么老是不听话呢？"张诚也不搭腔，只是拼命地砍柴，汗水流满了下巴，也不肯稍微休息。大约砍足了一捆柴火，就不声不响地回去了。

老师又责罚他，张诚便把实情告诉老师。老师赞叹他的孝友，也就不再禁止他。哥哥屡次劝阻他，他终究不肯听从。

有一天，张家兄弟和一些人在山中砍柴，冷不防地来了一只老虎，众人害怕地伏在地上，老虎居然把张诚给衔走了。老虎衔着人，行动比较缓慢，被张讷追上，用斧头猛力砍去，砍中了老虎的大腿。老虎痛得拼命地跑，张讷追赶不上，便失去了弟弟的踪迹，只好痛哭着回家。

众人越是宽慰他，他哭得越是悲伤。他说："我的弟弟，可不同于别人家的弟弟，何况他是为我而死，我还活着干什么！"于是就用斧头砍自己的脖子。众人虽然急忙地拉住他，可是斧头已经深入了肉中一寸左右，鲜血直冒，人跟着昏迷了过去。众人看到这种情形，非常害怕，就撕裂衣服把他的伤口扎起来，一起扶着他回家。

牛氏见到了，又哭又骂："你害死了我的儿子，想要用这种方法来抵偿你的罪过吗？"

张讷呻吟着说："母亲，您别烦恼。弟弟死了，我也一定不会活下去的。"众人把他放在榻上，伤口痛得不能睡觉，只是夜以继日地靠着墙壁，坐在那儿哭泣。

父亲恐怕他也要死去，经常来到榻前喂东西给他吃。牛氏看到了，又是百般地责骂，张讷因此也就不吃东西了。过了三天，病况更加沉重，便昏迷了过去。

恍惚之间，张讷仿佛来到了一处旷野，抬头望去，看见云端站着一位巨人，光芒照彻上下，张讷知道是菩萨显现，慌忙下跪。菩萨用杨柳枝遍洒甘露，水珠细小得像尘雾一般，不久，雾不见了，光也消失了。

张讷觉得颈上沾了露水，伤口也不再作痛，便悠悠地醒了过来。其实，他已经昏迷两天了。他摸摸颈上的创痕，竟然奇迹似的愈合了。

他自己勉强地站起来，拜见父亲说："我纵然上天下海也要把弟弟找到，如果找不到，我这一辈子再也不回来了，希望父亲只当我这个儿子已经死了。"他的父亲把他引到没人的地方，痛哭了一场，也不敢把他留下来，张讷便走了。

张讷每到一个交通要道，就探访弟弟的消息，路上盘缠用光了，就一边乞食，一边寻找。过了一年，到了金陵（古地名，今江苏省南京市江宁区），衣裳千孔百结，破烂得不得了。

有一天，他缩着身子在路上走，适巧碰见十几个人骑马经过，他慌忙地闪避到路旁。其中有个人作官长打扮，年龄四十来岁，矫健的士卒、雄壮的马匹，在前后簇拥着。另外一个年轻人，骑着一匹小马，不断地回头看张讷。张讷以为他是一位贵公子，不敢抬头看他。

年轻人忽然停在张讷跟前，从马背上跳了下来，叫着说："这不是我哥哥吗？"张讷抬起头来端详，居然就是自己的弟弟张诚。他握着弟弟的手，痛哭失声。

张诚也哭着说："哥哥怎么落魄到这般田地？"

张讷把经过情形说了一遍，张诚更加的悲痛。那些骑在马上的人都下来问明原因，向官长报告。官长下令空下一匹马来给张讷骑。这样，一直回到官长的家中，张诚才说明了事情的始末。

起初，老虎把张诚衔走了，不知在什么时候，把他放在路边，他在路边整整地挨过了一夜，正巧张别驾（为州郡首长的佐官，也称通判）从都城回来，经过他身旁，见他相貌斯文，动了怜悯之心，就把他救醒了。

张诚醒来之后，虽曾提到他所居的乡里，可是由于距离此地已很遥远，别驾便用车子把他载了回去。又用药涂抹他的伤处，过了几天才痊愈。别驾没有儿子，就收了他做养子。所以刚才跟别驾出来游玩。

兄弟俩正说着，张别驾进来了，张讷拜谢不已。张诚进入房中，捧着绸衣出来给哥哥穿，并且摆好酒席，边吃边谈。

别驾问道："你的家族在河南，有多少人口？"

张讷说："没有。父亲本来是山东人，后来流落在河南。"

张别驾说："我也是山东人。你的乡里归哪里管辖？"

张讷回答说:"曾听父亲说过,归东昌县(今山东聊城市)管辖。"

张别驾听了吃惊地说:"你是我的同乡啊!你家又为什么要搬到河南去呢?"

张讷说:"明朝末年,清兵入境,把父亲的原配掳走了。父亲因为遭到战火而倾家荡产。他早先在西部道上做买卖,来往都经过河南,所以对那儿很熟悉,便在那儿定居下来。"张别驾瞪大了眼睛望着他,又低下头,好像有几分怀疑,而后急忙地走进了内室。

没有多久,太夫人出来了。大家围着拜见她,行过了礼,太夫人问张讷说:"你是张炳之的孩子吗?"

张讷回答说:"是的。"

太夫人大哭了起来,告诉张别驾说:"他是你的弟弟呢!"张讷兄弟听了,如同丈二金刚,摸不着头脑。

太夫人说:"我嫁给你们父亲的第三年,逃避战祸流离到北方,跟一个名叫黑固山的指挥(清代武官的名称、地位、权任都轻,并不实际统辖兵马)生活了半年,生下你们的哥哥。又过了半年,黑固山死了,你们的哥哥因为他父亲的庇荫补了这个官职,现在已经卸任。我时时刻刻都怀念着家乡,于是更正了户籍,恢复了旧姓。每次派人到山东去打探,都得不到一点儿音讯,哪里知道你们父亲又西迁了呢?"于是又跟张别驾说:"你把弟弟当作儿子,实在罪过!"

张别驾说："从前我问过诚弟，诚弟未曾说过他是山东人，大概是年纪小，记不得了。"于是依年龄为序：张别驾四十一岁，是老大；张诚十六岁，最小，是老幺；张讷二十二岁，由老大改为老二。

张别驾得了两个弟弟，非常高兴，又跟他们一起居处，完全了解了离散的根由，就打算一道回去。太夫人怕不被牛氏接纳。

张别驾说："肯接纳，我们就在一起生活；不肯接纳，我们就分开来住。天下哪里有个没有父亲的地方？"于是卖了房舍，整治行装，决定了日期，向西出发。到了乡里之后，张讷和张诚先跑去禀报父亲。

他们的父亲自张讷离去后，牛氏不久也死了，成了一个孤独的老头儿，每天伴着自己的影子过活。忽然看见张讷回来，喜出望外，恍恍惚惚地惊疑起来；又看见张诚，高兴得不得了，竟然一句话也说不出，眼泪簌簌地流了下来。

兄弟二人又告诉张别驾母子来到，老头儿听了，止住了眼泪，非常惊讶，一时不知道该喜，还是该悲，只是痴痴地站着。不久，张别驾进来，拜见过父亲，太夫人也进来拉着老头儿的手相对而哭。张诚见不到母亲，一问才知道已经死了，便哭得昏了过去，过了一顿饭的工夫才醒过来。

从此，这个分散的家庭又团圆了，一家大小又过着快快乐乐的日子。(改写自《张诚》)

【短评】

这是一篇感人至深的小说，蒲松龄自己说，在完稿的时候，曾经为它一再流泪。那兄弟间纯挚的亲情，家人分散的悲哀，以及重逢的惊喜，一再地震动我们的心弦。

生活在一个天伦美满的家庭里，我们能不珍惜这份幸福吗？

口　技

村子里来了一个女子，年龄二十四五岁，带着一口药箱，以替人看病为业。有人到她那儿去求诊，那女子并不能亲自开处方，一定要等到夜晚，向神仙请示以后，才能决定用药的种类和分量。

到了夜晚，她把小房间收拾得干干净净，然后在里面闩起门来。旁人既然进不去，便围在门窗外面倾听，他们只敢小声地交谈，连咳嗽都不敢太大声。一时门里门外，静悄悄的，没有一点儿声息。

大约到了半更天的时候，忽然听到掀开门帘的声音。那女子在里面说："九姑来了吗？"

另外一个女子回答说："来了。"

那女子又说："腊梅，你也跟着九姑来啦？"

这时，有一个婢女似的声音回答说："是的，我也跟着来了。"于是三个女子便你一言我一语的，絮絮叨叨个没完没了。

不久，又听到了帘钩响动的声音，那女子说："准是六姑来了。"

接着便听到大家乱哄哄地说："春梅，你也抱着小少爷来啦？"那个被唤为春梅的女子回答说："这孩子的脾气真拗！哄着他，他也不肯睡，一定要跟着太太来。又长得胖嘟嘟的，抱得我累死了。"

接着，传出那女子热忱招待的声音，九姑问候的声音，六姑寒暄的声音，两个婢女互相慰问的声音，小娃娃嬉笑的声音，七嘴八舌地吵成一团。随后，又听到女子笑着说："这孩子真好玩，居然打老远的地方抱了一只小猫来！"

渐渐地，声音沉寂了下去。忽然，帘子又响了起来，这时候，整个房里的人都起哄说："四姑怎么来得这么晚？"

只听到有一个女子细声细气地回答说："一千多里的路，同姑姑走了这么久才到。你们又不是不知道，姑姑走得有多慢！"

于是，互相嘘寒问暖的声音，移动椅子的声音，命人添加座位的声音，此起彼落，整个房间闹哄哄的。约莫过了一顿饭的时间，才静了下来。

接着，便听到那女子询问大家，病要怎么治法，九姑认为该用人参，六姑认为该用黄芪，四姑认为该用白术。研商了一会儿，便听到九姑叫人把笔砚拿过来。

没有多久，就听到折纸头的"嗦嗦"声，放铜笔套的"铮铮"声，磨墨的"隆隆"声。接着，又听到丢下笔，笔杆碰到桌子的"喀喀"声，以及撮药、包裹的"窣窣"声。过了一会儿，那女子推开门帘出来，把药和药方交给了病人，然后转身走回房里。

她回到房里以后，就传出三个姑姑告别的声音，三个婢女告别的声音，小娃儿咿咿哑哑的声音，小猫儿"喵喵"的声音。

九姑的声音清脆而嘹亮，六姑的声音缓慢而苍老，四姑的声音娇嫩而婉转。其他三个婢女的声音，也各有特色，可以很清楚地分辨出来。

起初，人们还很惊奇，以为她是神呢！后来，试试她所开的药方，并没有什么效验。

这大概就是所谓口技，她不过借这个玩意儿来招揽生意罢了。可是，她的本领也够叫人佩服的了。（改写自《口技》）

【短评】

"口技"是一种民间技艺，蒲松龄以极精简的文字来描绘极抽象的声音，使我们由声音的描写，再想象到故事中人物的动作和面貌，教我们不得不佩服他卓越的艺术才能。

柳家的盛衰

保定（清府名，府治在今河北省保定市清苑区）有个名叫柳芳华的富豪，为人非常慷慨，又喜欢结交朋友，家里经常供养着百把个客人。只要听说某人有了困难，他就急得像自己的事情一样，纵然是花上千百两银子，也在所不惜。他的一些食客和朋友，见他大方，借了钱也就往往不还。只有一个名叫宫梦弼的陕西人，向来对他没有什么需索。他每次到柳家来，一住就是一年。他的谈吐非常脱俗，柳芳华很是敬重他，跟他十分亲近。

柳芳华只有一个儿子，名叫柳和，那时大约十岁，一向称呼宫梦弼为叔叔。宫梦弼也喜欢跟这个小侄儿玩。每次柳和从学堂里回来，就同他做埋黄金的游戏——把地砖翻开来，然后把石子当作黄金埋下去。柳家的五栋房屋，被他们挖挖埋埋的，几乎没有一块地方是完好的。大家都笑宫梦弼孩子气，只有柳和喜爱他，比对待其他客人要亲热得多。

过了十多年，柳家渐渐空虚了，没法子再供应许多客人的需索，客人也就一天天地少了起来。可是十几个人在一块儿通宵地吃喝清谈，还是常有的事。这样，挨到了年终岁尾，日子就更加不容易打发了。

柳芳华一向不善经营，只有陆陆续续把土地卖掉，用它的收入来供养客人。柳和也素来挥霍惯了，学着他父亲的样儿，结交一些年轻朋友，柳芳华并不加以阻止。

不久，柳芳华病死了，家里居然连买棺材的钱都拿不出来。宫梦弼便自掏腰包，替柳家料理丧事。因此，柳和也就更加感激他，事情不论大小，统统请宫叔叔决定。

宫梦弼从外面回来，衣袖里时常带着一些瓦片，到家以后，就把它往阴暗的角落里一扔，大家也不明白是什么意思。

柳和常常对宫梦弼叫穷。宫梦弼说："你还未吃过苦，不知道

71

生活的艰辛。不要说你现在没有钱，就是给你一千两银子，你也可以马上把它花个精光。一个男子汉，怕的是不能自立，贫穷有什么可忧的呢？"

有一天，宫梦弼来跟柳和辞行，说要回家乡去。柳和心里很难过，泪眼汪汪地求他早些回来，宫梦弼"嗯"了两声就走了。

过了一阵子，柳和穷得连自己的生活都维持不下去了，典的典，当的当，一些值钱的东西都搞光了。每天眼巴巴地望着宫梦弼回来，好替他张罗张罗，可是宫梦弼居然销声匿迹，连个人影儿都看不到了。

从前柳芳华在世的时候，曾经为柳和跟无极（清县名，今河北省无极县）的黄家订过一门亲事。黄家家境很好，后来听说柳家穷了，就有了反悔的意思。柳芳华死了，给他家报丧，居然没有一个人来吊慰。

当时，柳和还以为是路途太远的关系，也就没有把这件事放在心上。等到柳和三年丧满，他母亲便叫他到岳家去，商决一下婚期，同时也希望黄家能同情他们的处境，稍微照顾一下。

柳和到了黄家，他岳父听说他穿得破破烂烂，就叫门房不要放他进来。并且传话给他说："回去筹一百两银子，就可以再来。要是筹不到，两家从此一刀两断！"柳和听了，号啕大哭。

黄家对门有一个姓刘的老太太，见他可怜，就留他吃饭，并且送给他三百个铜钱，宽慰了一番，劝他回去。

柳和母亲听说黄家这样薄情寡义，也非常的悲愤，可是一时也没什么法子可想。后来她想起从前来往的一些客人，欠他们家钱不还的有十之八九，就叫柳和找几个家境好的，去请他们帮帮忙。

柳和说："从前那些人跟我们交往，都是为了我们家的钱。假如我今天还是高车大马的，就是借上千把两银子，也不会难到哪里去。像目前这种景况，谁还会想到从前给他的好处？谁还会记得过去的交情？况且，父亲拿钱给人家，一不要保证，二不要收据，凭什么找人家还钱？"话虽如此说，母亲还是叫他去试试。柳和也就照着母亲的话做了。

他前后跑了二十多天，都没有弄到一分钱。只有一个戏子名叫李四的，曾经受过柳芳华的好处，听到了这种情况，慷慨地送了他一两银子。母子俩见借不到钱，便搂抱着痛哭了一场。从此，一切的指望都没有了。

黄家女儿已经十五六岁了，听说父亲和柳和断绝了关系，心里很不以为然。她父亲要她嫁旁人，她流着眼泪说："柳公子不是生来就贫穷的。假如他现在比从前更富有，谁能从他那里把我抢走呢？因为一时的贫穷就抛弃了他，这是很不厚道的！"她父亲很不高兴，百般地开导她，她的意志还是不动摇。

没有多久，黄家遭到了盗匪的抢劫，老夫妇二人受尽了苦刑，几乎送掉老命，家里的钱财也被搜刮一空。辗转又过了三年，家道更加衰落。这时，有一个在西面道上做买卖的商人，听说黄家女儿长得很美，便送了五十两银子给黄老头作聘礼，黄老头贪图那笔钱财，就答应了他的要求，准备强迫自己的女儿嫁给他。

黄家女儿发现了父亲的企图，便故意弄破衣服，又把脸孔涂得脏兮兮的，趁着夜晚逃走了。她一面走，一面讨饭，经过两个月，才到达保定。她打听到了柳家的地址，便直接找上门来。

　　起先，柳和的母亲还以为她是个女叫花子，所以吆喝她走。那黄家女儿便把事情的经过讲了一遍，柳和的母亲听了，感动得流下泪来，抓紧她的手问道："儿啊！你怎么变得这副模样呢？"黄家女儿又神情黯然地把原因告诉她，婆媳两人搂着痛哭了一场，柳和的母亲便招呼她去洗沐。洗好出来，又露出了姣好的脸孔，眉目之间散发着动人的光彩。柳和跟他的母亲都很高兴。可是一家三口，每天只能吃一顿饭。

　　母亲流着泪说："我们母子俩是命中注定要过这种穷日子的，我难过的是，拖累了你这个好媳妇。"

　　媳妇笑着宽慰婆婆说："媳妇也讨过饭、吃过苦，拿我从前的生活跟现在相比，就好像从地狱升到天堂里呢！"说得婆婆笑了起来。

　　有一天，媳妇到空房子里去，看见满屋都是尘埃，黑暗的角落里好像有什么东西堆积着，用脚一踢，居然踢不动，拾起来一看，统统是上好的银两。她大吃一惊，便跑去告诉柳和。

　　柳和跟着她一同来看，原来那宫梦弼从前所扔的瓦片，全变成了白花花的银子，于是柳和记起了小时候曾经跟宫梦弼叔叔在屋里埋石子的事，心想："那些石子该不会都变成白银了吧？"可是那老房子已经押给邻居了，于是他赶忙去把它赎了回来。他看见地砖有的已经断裂残缺了，底下所埋的石子，清清楚楚地露了出来，他感到非常失望。等到挖开其他的地砖一看，底下果然是白亮亮的银锭。

转眼之间，他又成了百万富翁。于是便把卖出去的田产赎了回来，又买了一些奴仆，家里比从前还要豪华气派。他自我勉励道："如果不能自立，便辜负了我宫叔叔的安排！"于是他立志读书。

柳和苦读三年之后，考上了举人。这时，他想起了雪中送炭的刘老太太，就带了一百两银子亲自去酬谢她。他的衣服鲜艳耀眼，在后面跟随的十几个仆人，个个都骑着高头大马。刘老太太只有一间小屋，柳和便坐在床上和她叙旧。一时人叫马嘶，充塞了整个巷子。

再说那黄老头，自从女儿失踪以后，那商人就逼着他退还聘金。可是，他已经把钱花得只剩一半了，只好把自己住的房子卖掉来还债。因此，他穷困的情形，跟从前的柳和差不多。他听说从前的未婚女婿非常风光，只好关起门来自怨自伤一番。

这一厢刘老太太又买酒又备饭，热忱地招待柳和。她盛赞黄家女儿的贤德，而且对于她的失踪很感到惋惜。她问柳和娶妻没有，柳和说已经娶了。

吃完了饭，柳和坚持邀请刘老太太去看看他的新媳妇，用车子载着她一起回家。到了家里，柳和的妻子盛装而出，在丫鬟们的簇拥下，就像天仙一样。刘老太太见了，大吃一惊，于是两人便谈起过去的事来，黄家女儿一再关切地问起她父母的生活状况。

刘老太太待了几天，柳家招待得无微不至，给她赶制了几套衣服，从头到脚都是新的，这才把她送了回去。

刘老太太回去以后，就到黄家去，把他们女儿的近况说了一遍，同时把她请安的话也带到了。黄老头夫妇听了，大吃一惊。刘老太太见他们日子难过，就劝他们去投奔女儿，黄老头觉得拉不下脸来。后来，那又冻又饿的日子，委实受不了，黄老头才硬着头皮到保定去。

他到了柳家，看见房屋又高大又美丽，门房眼睛鼓得大大的，整天都不给他通报。后来看到一个妇人出来，黄老头便低声下气地把姓名告诉她，请她偷偷通知女儿。

那妇人进去了一会儿，又走出来，把黄老头引到一间偏房里，对他说："少奶奶很想来见您老人家，可是怕少爷知道了不高兴，一有机会就会来看您。老爷子几时到保定的？该饿了吧？"

黄老头于是把自己的苦况说了一说，那妇人便拿了一壶酒、两碟小菜、五十两银子放在黄老头的前面，跟他说："少爷正在房里宴客，少奶奶恐怕来不成了。明天早上您最好早一点儿走，不要让少爷晓得。"黄老头满口答应了。

第二天，黄老头一大早起来，收拾好行李要动身回家，可是大门还未打开，他只好守在门的中央，坐在行李上等着开门。忽然，有人嚷着主人出来了，黄老头闪避不及，被柳和撞个正着。柳和责问他是什么人，仆人都没法子回答。

柳和光火地说："这家伙一定不是好东西，快把他绑起来送到官府去！"

那些仆人应声出来，不由分说，便用一根短绳把他结结实实地绑在树上。黄老头又惭愧又害怕，一句话也说不出来。

不久，昨天那个妇人出来了，她跪着说："他是我的舅爷，因为昨天夜里来晚了，所以未向主人禀告。"

柳和叫人松绑，妇人把黄老头送出门说："我忘记告诉门房，以致弄出了差错。少奶奶说，要是想念她，可以请老夫人假扮成卖花的妇人，同刘老太太一起来。"黄老头答应了。

回去以后，便把这些话告诉了老婆子。老婆子很想念女儿，就急巴巴地去找刘老太太，刘老太太果然答应了她的请求，跟她一起到柳家来。她们一连经过了十几道门，才走到女儿的住处。

她女儿上半截罩着披肩，下半截穿着绮罗，满头珠光宝气的，身上散发着沁人的幽香。她的嘴巴轻轻地动了一下，那些丫鬟、使女，老的、少的统统跑过来侍候。她们把金饰的靠椅搬过来让她躺着，并且在她旁边摆了一对竹夫人（用竹片编成，夏日放在床头，供人抱着取凉的一种器物）。

伶俐的丫鬟泡茶的泡茶、捶背的捶背，那种气派和享受，连王公贵族的夫人都比不上。老太婆和女儿当着众人的面，有许多话都不便明说，只能嘘寒问暖一番，两人眼里都闪着晶莹的泪光。

到了晚上，女儿叫人清理了一个房间，安顿两位老人家住宿，那又轻又暖的被褥，就是从前富裕的时候也未曾盖过。住了三五天，女儿招待得非常周到，老太婆常把女儿引到没人的地方，痛哭流涕地忏悔从前的不是。

女儿说："我们娘儿俩，有什么错处不能忘掉呢？只是你女婿那儿到现在还是气愤难消，暂时不让他知道也好。"因此，每次柳和一来，老太婆便远远地避开了。

有一天，母女两人正挨着坐，柳和突然走了进来，见了这般情景，非常生气，就骂道："哪里来的乡下老太婆，竟敢跟少奶奶坐在一处！该把你头上的几根毛全部拔光！"

刘老太太连忙解释说："这是我的亲戚，卖花的王嫂。请少爷不要见怪！"

柳和听了，赶忙跟刘老太太道歉。坐下来以后，便问她说："老妈妈来了几天，我因为太忙，一直没跟您老人家谈谈。黄家那两个老东西，还没死吧？"

刘老太太回答说："身体倒还硬朗，只是穷得像鬼一样。少爷您现在已经大富大贵了，怎么不看在岳婿的情分上照顾他一点儿？"

刘老太太的这番话，又勾起了柳和的旧恨，他拍着桌子道："从前要不是老妈妈赏我一碗粥吃，我恐怕老早就死在外头了。想起他们那时候的薄情寡义，现在恨不得剥了他们的皮当着垫子睡！我为什么还要管他们的死活？"说到激动的时候，便跺脚大骂！

他妻子觉得他太过分了，就生气地说："他们就是再不厚道，也是我的父母。我从老远的地方来投奔你，手起了茧，脚趾头也磨破了，自认没有什么对不起你的地方，你怎么可以当着我的面

78

骂我的父母呢？"

柳和想想，妻子说的也是，这才收起怒容转身离开。黄老太婆又惭愧又懊丧，便告辞回家，女儿又偷偷地送了她二十两银子。

黄老太婆回去以后，好久都没有音讯。做女儿的深深地惦挂着她的父母，柳和便派人把他们请了来。那两个老夫妻羞愧得无地自容。

柳和道歉说："去年两位老人家来，家里的人都没有跟我说，害我在无意间得罪了你们。"那黄老头只是含糊地答应着。

柳和便叫人替他们换上新衣新鞋，留他们住了一个多月，早晚都到跟前请安，就像对自己的父母一样。可是这对老夫妇，终究觉得心里不安，便一再地要告辞回家。

柳和眼看没有法子挽留，便孝敬他们五百两银子，派车马把他们送了回去。他们得了这笔银子，晚年的生活也过得宽裕了。

（改写自《宫梦弼》）

【短评】

社会有冷酷的一面，更有温暖的一面。在柳家兴旺的时候，固然是食客盈屋；在破落的时候，仍然得到少数人的支持或关注。

这个故事的题材虽然极为庸俗，然而蒲松龄却用一枝生花妙笔，把那些薄情寡义的人物的嘴脸，刻画得淋漓尽致。至于患难中的真情，更显得珍贵无比。

山中仙缘

　　山西人罗子浮,八九岁的时候,父母就过世了,便依靠叔父罗大业过活。大业当时在教育部门做官,环境不坏,由于没有子嗣,所以很疼子浮,把他当作亲生儿子一样看待。可是子浮却不太争气,十四岁的时候,由于受了坏人的引诱,偷了家里大把的金钱,逃到金陵去了。

　　他在金陵,每天东游西荡的,不干一点儿正经事。不久,带在身边的金钱用完了,自己也染上了一身毒疮,只好靠乞讨度日。由于满身脓臭,街上的人见到了,都远远地避开他。

　　子浮生怕自己会死在异乡,就一边乞讨,一边向西走,每天走上三四十里,渐渐地到了山西边界。可是他一想到自己衣衫褴褛,满身脓污,便失去了回家的勇气,始终在邻近的几个乡邑打转。

　　有一天,太阳渐渐西沉了,子浮预备到山寺中去过夜。在路上,遇到了一个女郎,容貌像仙女一样的美丽。女郎走过来问他到哪儿去,子浮照实回答了。

　　女郎说:"我叫翩翩,是个修行人,住在山洞里,可以找个地方给你住,在那里,可以不必担忧虎狼的袭击。"子浮大喜过望,就跟着翩翩走了。

　　走到深山中,看见一个洞府。洞口横着一条溪水,水上跨着一座石桥。又走上几步,看见两间石屋,通室光明,完全用不着灯烛。

翩翩叫子浮把破衣服脱了，在溪流里洗个澡。

翩翩说："只消泡一泡，身上的疮自然会好的。"又拉开帘幕，弄干净床褥催他去睡。说："你可以睡了，我要给你做条裤子呢！"

翩翩拿了像芭蕉叶一样的大叶子，剪剪缝缝地做起衣服来。子浮躺在床上看着她做衣服，不到片刻，衣服就做好了。她把衣服折叠整齐放在床头，并且吩咐子浮天亮以后拿来穿，然后就在对面床上睡了。

子浮自从在溪水中洗过澡后，突然觉得伤口不痛了，摸一摸，居然已经结了痂。一觉醒来，天也亮了，心里暗暗地疑惑，那芭蕉叶子怎么能穿？可是取过来仔细一看，竟是滑溜溜的绿色锦缎。

不久，翩翩预备好早餐。翩翩拿了山中的树叶当作饼，吃起来就跟真饼的味道一样。又把叶子剪成鸡、鱼的形状，吃起来也和真的鸡、鱼味道没有什么不同。屋角有个坛子，储存着美酒，他们时时地舀来喝，每喝了一些，溪水就自动补充一些，一点儿也没有增减。

在翩翩的照拂下，子浮的疮痂很快就完全地脱掉了，恢复从前那副清秀的模样。子浮对于翩翩很是感激，翩翩也觉得他本质还不坏，彼此竟产生了情愫，成了夫妻。

有一天，一个少妇忽然来到洞中，笑着对翩翩说："翩翩，你这小鬼头可真快活，把人给羡慕死了！"

翩翩迎过去笑着说："花城娘子，久不见芳驾光临，今天可是西南风吹得紧，把你吹送过来了！生个小儿子了吧？"

花城娘子说："不瞒你说，我又生了个女娃儿。"

翩翩取笑道："花城娘子，你可真是个瓦窑（古时称生女儿为弄瓦，故戏称专生女儿的妇人为瓦窑）！为什么不抱来玩玩？"

花城娘子说："刚刚哭了一会儿，已经睡着了。"于是主客一起坐下来喝酒。

花城娘子打量了子浮一会儿说："你这小伙子，是哪世修来的好福气！"子浮也打量一下花城娘子：年龄二十三四岁，风姿撩人，不觉心里有了几分爱慕。剥果子吃的时候，故意失手让果子掉到桌子底下去，趁着拾果子的机会，偷偷地在花城娘子的脚上捏了一把。

花城娘子只是看着别处笑，一副若无其事的样子，子浮正在神魂颠倒的时候，忽然觉得身上的袍裤冷冰冰地，一点暖气也没有。再看看自己所穿的，竟统统成了秋天的黄叶。他心里吓得不得了，直挺挺地坐了一会儿，衣服才渐渐变成原来的样子。暗中庆幸两个女子没有发觉他身上的变化。

过了一会儿，在碰酒杯的时候，子浮又趁机用指尖去搔花城娘子白细的手心。花城娘子很大方地谈笑，好像一点儿都没有察觉。当子浮的心跳得正厉害的时候，他身上的衣服竟又化为枯叶子，过了半天，才恢复原状。于是深深地省悟到自己的卑劣，摒绝了不该有的邪念。

花城娘子笑着说："你家这一口子，不太规矩！如果不是你这个醋坛子管着他，他恐怕要上天咧！"

翩翩也冷冷一笑说："这个无情无义的东西，该让他冻死的！"两人拍手大笑起来。

花城娘子起身告辞说："我那丫头要是醒了，恐怕要哭断肠子呢！"

翩翩也站起来打趣说："只管在这里勾引人家男人，哪里还想得到小江城哭得死去活来？"

花城娘子走了之后，子浮很怕翩翩会责骂他，可是翩翩始终对待他跟平常一样。

日子一天一天地过去，秋深了，风也冷了，霜打在树上，叶子一片一片地落了下来。翩翩拾起落叶，存些好的来御寒。她看到子浮有些怕冷，就拿了一方布巾，再拾取洞口的白云，当作棉絮塞在他的衣服里，穿起来就像新棉一样的温暖轻软。

又过了一年，翩翩生了一个儿子，非常聪明，子浮和翩翩每天在洞中以逗儿子为乐。可是子浮却常常想念故乡，就要求翩翩和他一同回去。翩翩说："我是不能跟你回去的，要不然的话，你就自个儿回去好了。"

这样因循了两三年，儿子也渐渐长大了，便与花城娘子订为姻家。这时，子浮还是经常记挂年迈的叔叔。翩翩说："阿叔的年纪固然很大了，幸亏还很健壮，你不需要牵肠挂肚的。等到保儿完婚以后，去留就可以随你的便了。"

翩翩在洞中，往往取些树叶来写成书叫保儿念，保儿过目即能成诵。翩翩说："我这儿子长得一脸福相，如果让他到尘世间去，不怕没有大官做呢！"

又过了些时候，保儿十四岁。花城娘子亲自把女儿送来。女儿打扮得很美，容光照人。子浮夫妻很高兴，全家在一块儿喝酒庆祝。翩翩用钗子敲着桌面歌唱道：

我有个好儿郎呀，

不羡慕厚禄高官。

我有个好媳妇呀，

不羡慕绫罗绸缎。

今晚的聚会呀，

大家都应该尽欢！

我为你们斟酒呀，

希望你们努力加餐！

花城娘子走后，父子两对，各在对屋居住。新媳妇很孝顺，依恋着公婆，就如同公婆自己生的女儿一样。

罗子浮又提到回去的事。翩翩说："你生就一副凡夫俗子的骨头，终究不能成仙。保儿也是富贵中人，你可以带他走，我不想耽误他的一生！"

新媳妇想要跟她母亲告别，花城娘子正好也来了。儿女们都依依不舍，眼泪簌簌地流了下来。两位母亲安慰他们说："姑且去一阵子再说，还是可以回来的呀！"于是翩翩就把树叶剪成了驴子，让三个人骑着回去。

这时候罗大业已告老退休，过着悠游的林泉生活。他原以为侄儿早已死了，忽然见他带了漂亮的孙子和孙媳回来，高兴得像得了宝贝一样。

子浮他们三人一进门，各自看看所穿的衣服，竟然统统变成了芭蕉的叶子；再把衣服拆开来看，里面的棉絮都化成了白云，冉冉地飘走了。于是大家一同换上了人间的衣服。

后来，子浮思念翩翩，带着儿子一起去探视，只见黄叶满径，白云弥漫，再也找不到原来的地方了。(改写自《翩翩》)

【短评】

这是一篇美丽的寓言，充满了奇幻的色彩。罗子浮虽然是个纨绔子弟，但是他一旦幡然悔改，仍能得到仙女的垂青。在这里，脓疮所代表的是他的龌龊的灵魂；洗濯它的溪流，正是人类高尚的情操和德义。

一个切实领会生命真旨的人，就如故事中的女主角翩翩一样，叶可以餐，云可以衣，无处不是仙境。

稚子的灵魂

明朝宣宗宣德（1426—1435）年间，宫廷里流行斗蟋蟀的游戏，每年都要下命令叫老百姓缴纳许多蟋蟀。

这玩意儿本来不是西部的出产。华阴县（今陕西省华阴市）的县官为了讨好他的长官，贡献了一只这种虫子，上面的人试过之后，发现它很会斗，因此命令华阴县常常供应。县官往下面压，要求乡长办好这件差使。一些游手好闲的少年，捉到了好的蟋蟀就关在笼子里养，提高它的价钱，当作珍贵的物品卖出。乡里那些狡猾的差官，假借催缴蟋蟀的名义向老百姓诈财，乡民们每每为了一只蟋蟀，而弄得倾家荡产。

有个叫成名的书生，为人忠厚老实，好几年都没有考上秀才，那些狡猾的差役便欺负他，推举他做乡长，他想尽了办法，也无法逃脱这个苦差事。不到一年，一点微薄的产业都贴光了。

又到了缴纳蟋蟀的时候了，成名老实，不敢向乡民征收，而又没有钱可以贴补，简直焦急得要自杀。

他的妻子说："自杀又有什么用呢？还不如自己去寻找，说不定捉到那么一只，不是很好吗？"成名觉得妻子说得很有道理，便早出晚归，提着竹筒和笼子，跑到乱土堆、杂草丛里，挖开石头，掘开洞穴，什么地方都找遍了，任何法子都用尽了，却一点收获都没有。即使好不容易捉到三两只，也都是又小又瘦的，不合于缴交的条件。

上面催迫得很紧，定下了最后的期限。过了十多天，成名仍然缴不出来，终于被拉到县衙打了一百大板，屁股被打得红肿溃烂，流血、流脓，蟋蟀也不能去捉了，痛苦地躺在床上翻来覆去。

他左思右想，除了自杀以外，还是没有一点办法。

这时村子里来了一个驼背的巫婆，能够代人求神问卦。成名的妻子也准备了一些香钱前往，请求神灵的指点。到了那里，见到老老少少的妇人挤满一门，简直是水泄不通。她好不容易挤了进去，原来里面还有一间密室，入口处垂着帘子，帘子的外边设置了香案。求神的人先点燃香插进香炉，然后虔诚地膜拜，巫婆在旁边代为祷告。

巫婆嘴里念念有词的，却听不懂在说些什么，大家都很恭敬地站在旁边。过了一会儿，帘子里就会丢出一张纸来，上面写着着求神的人心里所想知道的事，没有一点差错。

成名的妻子把香钱放在案头上，学着前面的人那般地烧香礼拜。大约过了一顿饭的工夫，帘子动了，一张纸片从里面飘了出来，她接过来看，上面不是字而是画。画的中间是一座殿阁，看上去像是佛寺，后面的小山上有许许多多奇形怪状的石头，长着一丛丛针尖般的荆棘，而一只蟋蟀正躲在荆棘丛中。旁边有一只蛤蟆，似正要跳起来的样子。她猜不透这张图中的意思，不过，看到了蟋蟀，正和她心中所要问的相符合，也就将图折叠起来，带回家给丈夫看。

成名反复地看了半天，然后喃喃地对自己说："是在指示我蟋蟀藏身的地方吗？"仔细观察图上的景致，和村子东边的那座庙宇很相像，于是勉强从床上爬起来，拄着拐杖，携带着图，去到那座庙宇的后面。

那里是一片苍青的丘陵，循着丘陵往前走，见到一块块作蹲立状的石头，像鱼鳞一样地排列着，竟然和画里的山石一模一样。成名轻手轻脚地钻进蓬蒿中，一边侧着耳朵倾听，一边瞪大眼睛寻找，就像找寻一枚失落的针那般的专心。找着找着，眼睛发酸了，耳朵发麻了，精神也耗尽了，哪儿有蟋蟀的踪迹？

他不断地低头寻找，突然间，一只癞蛤蟆咚的一声跳了出来，把成名吓了一跳，紧接着它又跳进了草堆里。成名看准了它隐身的地方，拨开蓬草，看到有只虫子伏在棘树的根部。他立刻去抓，那虫子却跳进了石穴中。他用草尖去拨，拨不出来，又用一桶水去灌，才把那虫子灌了出来，原来是一只十分好看又矫健的蟋蟀，他追了好一阵，总算抓到了。再仔细地看，这只蟋蟀身子肥大，尾巴修长，颈部是青绿色的，翅羽是金黄色的，是蟋蟀中的上品。

成名高兴得跳起来，赶快装进笼子里带回家，全家欢欣鼓舞，比得到价值连城的珠宝还要喜悦。成名把它供养在盆子里，拿蟹肉和粟子来喂它，小心地看护它，准备到时候拿去县府交差。

成名有个九岁的儿子，趁着父亲不在家，偷偷地把盆盖打开，蟋蟀借机跳了出来，动作很敏捷。他赶紧用手去捉，由于用力太猛烈，把它的腹部压得裂开来，不久就死了。这孩子很害怕，哭着去告诉母亲。

母亲听了，急得脸色发青，大声责骂儿子说："你这个孽根！你的死期到了，等你老子回来，看他跟不跟你算账！"孩子流着眼泪走出去了。

过了不久，成名回到家，听了妻子的叙述，整根背脊骨都凉了，气鼓鼓地去找儿子，找了很久，四处都找遍了，一直见不到儿子的踪影。这时，有人从井里捞起他儿子的尸体，顷刻间，满腔的怒气化成了悲伤，呼天抢地，痛不欲生。

夫妻俩只是泪眼相对，不吃不喝，也说不出一句话，更不知道要怎么办才好。眼看着天都黑了，这才找了一床席子，打算把儿子裹着去埋葬。走近身触摸儿子，发觉他还有一点点气息，便又惊又喜地把他抱到床上，一直到半夜，才苏醒过来。两个人虽然稍微宽了心，但孩子的气息仍然很微弱，神志也恍恍惚惚，一直是昏昏欲睡。成名转头望望墙脚边的笼子，里头空荡荡的，一下子触目惊心，又为蟋蟀的事焦急起来，也无心去管儿子了。

整整一个晚上没有闭一下眼睛，直到太阳升起了，成名才疲惫不堪地躺下，但却是满怀愁绪。忽然听得门外有虫叫的声音，成名霍地惊起来察看，赫然见到那只鸣叫的虫子。他欢喜极了，赶紧去抓它，没想到它竟"呿（qū）"的一声跃走了，动作快极了。他又快速地用手掌去扑它，明明像是扑到了，可是又感觉手掌里是空的，等到一松手，它又猛然跳走了，急急忙忙追过去，绕过墙角，它早已跳得没有踪影。

成名一边慢慢地走，一边四下寻找，见到一只虫子伏在墙壁上，走近一看，它又瘦又小，呈暗红色，根本不是原先看到的那一只。成名见这么小，看不上它，只好再到处张望，希望找到大一点的。而壁上那只小虫，突然间一跃，掉落到成名的袖子上。

再看看它，发现它的形状像一只土狗，翅羽上有梅花的斑纹，方方的头、长长的腿，看来好像还可以，也就勉强地把它装了起来，打算献给官府。但是心里仍然惶惶不安，生怕不中官差的意，因此就想让它和别的虫子斗一斗，好考验一下它的能力。

村子里有个好事的少年，驯养了一只虫子，自己给它取了个名字叫"蟹壳青"，经常和一些别的年轻人养的蟋蟀斗，每斗必胜。他想用这只虫子换取暴利，而把价钱定得很高，但也一直没有人买。听说成名捉到了一只，就上门来找他。见到成名的这只又瘦又小，直掩着嘴嗤嗤地笑。他把自己的虫子放在笼子里，成名一看，蟹壳青的体格果然又大又壮，再看看自己的这只，觉得很难为情，因而不敢和对方较量。

那少年执意要试试，成名拗不过他，想了想，反正是蹩脚货，养着也没有什么用，不如让它搏斗一番，姑且开开心也好。于是就一齐放进斗盆里。小虫伏在那里一动也不动，蠢得像只木鸡一样。少年大笑了一阵，用猪鬃去拨弄小虫的触须，故意要激它，但小虫还是不动，少年又忍不住哈哈大笑，并且一再地撩它。

这时，小虫勃然大怒，直奔过来，于是两只虫子互相拼斗起来，翻腾跳跃，打得叮咚有声。一会儿，小虫一跃而起，张开尾巴，伸直触须，一口咬住了对方的脖子。少年大惊失色，急忙把它解开，让它们休战。这时，小虫翘起翅膀来，得意地鸣叫，好像是在告诉它的主人说：我打了一场漂亮的胜仗！

成名兴奋极了！正在欣赏的时候，一只鸡走过来，一眼瞥见这只小虫，便直奔过来啄它。成名见到了，吓得愣在那儿大叫。好在并没有被啄中，而小虫跃开了一尺多远，那鸡还是紧追不舍，眼看着小虫就要落在鸡的脚爪下了，成名慌张得不知道该怎么救它才好，只是急得直跺脚。不久，鸡伸着颈子又摆又扑的，走近察看，原来小虫不知在什么时候跳到鸡冠上，用力叮咬着不肯放松。成名更加惊喜，把小虫放进笼子里。

第二天拿去呈缴给县官，县官见这么小，很生气地大声责骂成名。成名把它昨天特殊的表现叙述了一遍，县官不相信，试着与其他的虫子相斗，没有不被它打败的；又用鸡来试验，果然和成名所说的一样。于是拿了一些银子赏给成名，把小虫献给陕西巡抚（古代的封疆大臣，职掌一方民政，也兼管军政），巡抚十分高兴，用金的笼子安置它，然后献给皇帝，并且上了一份奏疏，说明小虫不平凡的本领。

这小虫被送进宫中以后，和所有上等品种的蟋蟀一一较量，没有能胜过它的。除这以外，它似乎还通人性，每当它听到琴瑟的声音，就会顺着音乐的节拍跳舞，令人啧啧称奇。皇帝也就格外地喜欢它，下令赐给巡抚名马和锦缎。巡抚不忘记县官的功劳，没有多久，便向朝廷保荐县官的贤能。县官很高兴，就免除了成名的差役。

过了一阵子，成名的儿子精神恢复了。这孩子对他父亲说，在精神恍惚期间，自己仿佛变成了一只蟋蟀，本领高强，百战百胜，一直到现在才完全苏醒过来。（改写自《促织》）

91

地方官吏为了讨好上司，便昧着良心欺压百姓，而不顾他们的死活，成名便是这些无辜百姓的代表。为了一只虫子，居然让一个家庭蒙上愁云惨雾，这是多么的残酷！最后，还是稚子的灵魂化成了蟋蟀，才使他家脱离了困境，这又是多么的凄楚！

诙谐的狐狸

博兴（清县名，今山东省博兴县）人万福，幼年时期就从事儒学的研究。家里虽然稍微有几个钱，可是运气却很坏，一直到二十几岁的时候，还不能考取一点儿功名。

乡中风俗浇薄，多半指派有钱的人家去充当徭役，好让他们多缴一些免役钱，老实的人往往被弄得家庭破碎。

万福为了躲避徭役，从家乡逃到了济南，赁居在一家旅店里。当夜，有一个容貌俏丽的女子来投奔，万福很喜欢她，便和她发生了感情。万福问她的姓氏，女子回答说："我实际上是狐狸，可是我并不想祸祟你。"万福很高兴，对她的话也深信不疑。

女子吩咐万福不要和朋友在一块儿。她每天都来一趟，和万福一起生活，凡是日常的用品，统统都依赖她供应。

过了没有多久，万福的朋友常来拜访，往往深夜还不走。万福感到很厌烦，却拉不下脸来拒绝他们。不得已，只好以实情相告。他的朋友因此希望看一看狐狸的真面目，万福把朋友的意思转告给狐狸。

狐狸跟万福的朋友说："为什么一定要见我呢？我也跟人一样啊。"听她的声音，就在附近，可是向四边张望，却见不到踪影。

万福的朋友中，有一个叫孙得言的，为人很风趣，坚持请求一见，而且说："听到你娇美的声音，我的灵魂都飞散了；为什么那样掩掩藏藏，使人只能听到你的声音而害相思呢？"

狐狸笑着说："贤德啊！孙先生！您想替您的高曾祖母作行乐图（画像）吗？"万福的朋友们都笑了。

狐狸又说："我是狐狸，就让我跟朋友们谈谈狐狸的故事，大家可愿意听？"众人都齐声说好。

狐狸说："从前，有一个坐落在村子里的旅舍，一向狐狸很多，经常出现来作弄旅客。旅客们知道了，相互警告不要到那家旅舍投宿。半年后，这家旅舍的生意便萧条起来了。旅舍的老板非常忧虑，尽量避免提到狐狸。

"有一天，忽然来了一个旅客，自称是外国人，准备到旅舍中投宿。旅舍的老板很是高兴。刚刚邀请他进门，就有路人偷偷告诉这位客人说：'这家旅舍有狐狸。'客人很害怕，告诉旅舍的老板，打算搬到别的地方去。

"老板极力辩白传说不实在，客人于是就住了下来。客人进入卧室，刚刚躺下来，就看到一群老鼠从床下跑出来。

"客人非常害怕，从房里夺门而逃，并且大叫：'有狐狸！'

老板慌忙出来探问究竟。

"客人抱怨说：'这里明明是狐狸窝，为什么骗我说没有狐狸？'

"老板又问：'你见到的狐狸是什么模样？'

"客人说：'我现在所见的狐狸是细细小小的，如不是狐儿，必定是狐孙！'"

说完，整座客人为之大笑。

孙得言说："既然不肯见我们，我们就留在这儿住下，可别埋怨我们干扰你们的生活！"

狐狸笑道："在这里寄宿，也不打紧，如果有小小的冒犯，可别放在心上。"

朋友们恐怕狐狸恶作剧，于是一块儿走了。可是过几天一定来一次，寻狐狸开心。狐狸很谐谑，每一开口，便能使万福的朋友们笑得前仰后翻，纵然是再风趣的人也敌不过她。大家都戏称她为"狐娘子"。

有一天，万福预备了酒席，和朋友们聚会，万福坐在主人的位子上，孙得言和另外两位客人分坐在左右的位子上，在上方另设一榻来对付狐狸。狐狸推辞说不善喝酒。大家请她坐下来谈话，她答应了。

酒喝了几巡，众人掷骰子行酒令，有一客人输了，该喝酒，开玩笑地把酒杯移到上座说："狐娘子很清醒，我这杯酒愿意借给你。"

狐狸笑着说："我向来不饮酒。我愿意说个故事，来助各位酒兴。"孙得言掩着耳朵不愿意听。

客人们都说:"骂人的要受罚。"

狐狸笑着说:"我骂狐狸可不可以?"

众人说:"当然可以。"于是大家倾耳共听。

狐狸说:"从前,有一位大臣,出使到红毛国(现在的荷兰)去,戴着狐皮帽子去见国王。国王见到了觉得很奇怪,就问:'什么动物的皮毛,这样温暖厚实?'大臣告诉他是狐狸的皮毛。

"国王说:'这种动物我向来不曾见过,狐狸的狐字究竟怎么写?'使臣用手指在空中划着向国王禀奏说:'右边是个大瓜,左边是个小犬。'"

主客又哄堂大笑。

和孙得言一起饮酒的两个客人是陈氏兄弟,一个名叫"所见",一个名叫"所闻"。看到狐狸这个样子整人,便说:"公狐狸在那儿?怎么可以纵容母狐狸在这儿害人?"

狐狸说:"方才那个故事还未说完呢!只是被你们的吠声扰乱了,让我继续把它说完:国王又见使臣骑着一匹骡子,很觉得奇怪,使臣告诉他说:'在中国,马生的是骡子,骡子生的是驹驹。'国王详细地询问这些动物的形状。使臣回答说:'马生骡,是"臣所见";骡生驹驹,是"臣所闻"'。"

整座的人又捧腹大笑。众人知道对付不了她,于是彼此约定:以后谁再带头开玩笑的,谁就要被罚请客。

过了一会儿,大家有了几分酒意,得言又开起玩笑来,他跟万福说："我有一联，想请你对对看：妓女出门访情人，来时'万福'，去时'万福'（古代女子行礼时多称万福，意思是祝人多福）。"整座的人一时都想不出下联来。

狐狸笑着说："我想到了。"众人一同竖起耳朵来听。狐狸说："龙王下诏求直谏，鳖也'得言'，龟也'得言'。"四座的人没有一个不为之绝倒的。

孙得言非常恼怒地说："我们刚才跟你已有约定，你为什么又违背了戒条？"狐狸笑着说："这个过失我实在应该承担，但是不这样，就对不出贴切的下联了。明天我摆桌酒席，来补偿我的过失好了。"这件事，大家笑一笑也就罢了。

狐狸的诙谐，大概如此，说也说不完。（改写自《狐谐》）

【短评】

适度的幽默，可以调整紧张的人际关系，可是过分的谐谑，却往往造成人际关系的紧张。恶意地使用言语去刺激别人，也常常给自己带来意想不到的伤害，我们说话能不慎重吗？

狐仙的教训

滨州（州名，清属济南府，今山东滨州市）地方有一个秀才，有一天在家里读书。忽然听见有人敲门，打开门来一看，原来是一位白发皤皤的老先生，相貌很脱俗。

秀才请他进来，并且请教他的姓氏。老先生自称姓胡，名养真，实际上是狐仙，因为倾慕秀才的高雅，所以愿意和他做个朋友。

秀才本来就是个通达的人，也就不以为怪，便和他谈古论今。老先生的学问非常渊博，谈论起来，滔滔不绝，经史百家，无不通贯，有时引经据典，理论高深，往往出人意料。秀才对他很佩服，留他住了很久。

有一天，秀才私下要求老先生说："您是非常爱护我的，但是我却这样的贫穷！您只要一举手，金钱马上就可以来到。为什么不周济我几文呢？"

老先生起先沉吟不语，好像不肯答应似的。但是过了一会儿，又笑着说："这件事太容易了。可是得用十几个钱作母钱才能变呢！"秀才交给他十几个母钱。

老先生便和秀才一起进入密室中，一跛一跛地踏着八卦步，念起咒来。不一会儿，几百万个金钱从屋梁上纷纷落下来，那样子就如同暴雨一样，声音极为清脆。转眼之间，金钱就淹没了膝盖，拔起脚来往钱堆上一站，金钱又继续落下来，淹没了他的足踝。

最后，那一个很大的房间，金钱堆积得有三四尺深。老先生回过头来跟秀才说："不知你满足了没有？"

秀才说："够了。"老先生一挥手，钱就停住了。于是二人关好门户，走了出来。

秀才心里很高兴，自以为发了横财。过了一会儿，他进房取钱使用，发现满屋子的金钱一个也没有了，只剩下十几个母钱，稀稀落落地散在地上。

秀才感到很失望，怀着一肚子怒气去找老先生理论，对老先生的欺骗行为很是不满。

老先生也动了肝火，愤怒地说："我本来和你以文字论交，不想帮你做贼，要是你秀才想发横财，应该去找梁上君子才对。我这个老头儿可不能如你的意！"说完，便拍拍自己的衣服走了。

（改写自《雨钱》）

【短评】

读书的主要目的，在涵泳义理，变化气质。像故事中的这位读书人，竟想不劳而获地发一笔横财，真是辜负了古圣先贤教化人的苦心。

曾孝廉的梦

曾孝廉[①]，福建人。在他考上进士[②]以后，曾经和二三位同榜的朋友结伴到郊外去玩。听说毗卢禅院里住了一位算命先生，便和他的朋友们一同骑着马去问卜。

算命先生见他一副得意扬扬的模样，便故意说些好听的话奉承他。曾孝廉觉得好高兴，一面缓缓地摇着折扇，一面微笑问道：

"你看我有没有身披蟒袍、腰横玉带的份儿？"

算命先生早已看透了他的心思，便一本正经向他说："岂止如此！先生还可以做上二十年的太平宰相呢！"曾孝廉听得心花怒放，越发显现出不可一世的样子。

曾孝廉走出算命先生的房间，天正下着毛毛细雨，于是便和他的游伴到寺门里的一间云房暂避。云房里有一个老和尚，鼻梁高高的，两眼炯炯有神，正盘膝坐在蒲团上，看见客人进来，神情冷冷的，也不打一声招呼。大家只装着没有看见，推让了一番，便径自坐下来说笑。

大家听算命先生说曾孝廉将来要做宰相，都齐声向他道贺。曾孝廉越发得意忘形，指着同游的人说："到了那一天，我曾某做了宰相，一定推荐张年丈③做南方巡抚，舍表亲做参将④、游击⑤，就是我家的老跟班的，也要给他弄个小小的带兵官！"同座的人听了，都哄堂大笑。

不久，门外的雨声越来越大了，曾孝廉也感到有些疲倦，便伏在榻上打起盹来。忽然看见两位钦差大臣，捧着皇帝的亲笔诏书，召见曾太师⑥共决国家大计。

曾孝廉得意非常，急急忙忙上朝晋见皇上。君臣礼毕，皇上把御座移近他的身旁，和颜悦色地和他谈了许久，并且特别降旨：凡是三品以下的文武百官，完全听由宰相升降赏罚，接着又赐给他蟒袍、玉带和名马。曾孝廉叩头谢恩过后，便乘马挥鞭回家了。

曾孝廉回到家里，发现他的旧居完全改观了。高门广宅，画栋雕梁，豪华壮丽极了。他自己也搞不清楚，为什么一下子阔绰到这种地步？他得意地捻着胡须，只要轻轻叫一声，马上就有千百个声音回应。

不久，公卿们纷纷地来献赠海外奇珍，还有那些卑躬屈膝的人物，在门下进进出出，川流不息。如果六部尚书⑦来到，曾孝廉倒还讲究点礼貌，走几步上前迎接；要是侍郎⑧一辈，就只站着作个揖，寒暄几句了；至于其他的官员，见到了顶多点点头而已。

山西巡抚送来了十几个能歌善舞的女子，个个娇艳如花。其中姿色最美的是袅袅和仙仙，尤其得到他的宠爱。每天散朝回来，都左拥右抱，过着声色犬马的生活。

一天，忽然想到从前贫贱的时候，曾得乡绅王子良的周济，现在自己已经大富大贵了，而那王子良在仕途上还是一筹莫展，何不拉拔他一下呢？第二天清早，便上了一道奏章，保荐王子良为谏议大夫，当即奉旨照准，立刻擢用。

曾孝廉又想起郭太仆⑨曾经给他难堪，便叫来吕给谏⑩和侍御史⑪陈昌等人，教给他们一套"如此这般"。第二天，皇上跟前弹劾的奏章果然堆积如山，郭太仆于是奉旨免职。这一来，有恩的报了恩、有怨的报了怨，内心的快活真是难以形容。

有一次出门，经过郊外的大马路，一个醉汉偶然冒犯了他，曾孝廉马上就叫手下把醉汉五花大绑，交给京师衙门治罪。衙门为了讨好太师，也不经审问明白，就把他活活打死了。这时候，地方上凡是有房产、有地皮的大户，都畏惧他的权势，纷纷把最肥沃的土地献给他。从此，他简直富可敌国了。

不久，袅袅和仙仙相继去世，他朝思暮想，忽然想起从前隔壁有个女子美如天仙，每次都想把她买来做小老婆，无奈阮囊羞涩，难以如愿。现在总算可以称心如意了。于是差遣了一伙干练的家奴，送一笔钱到女家，不管三七二十一，硬是把那女子给抬了回来。不一会儿，那女子的小轿抬到，曾孝廉大喜过望，那轿中的女子竟比从前看见的时候，更加娇艳。自己想想生平，也没有什么不能如愿的事了。

又过了一年，朝中大臣私下渐渐有不满意他的，可是都把气闷在肚子里，不敢公开指责他的不是。这时曾孝廉正趾高气扬，自然不会把这些人放在心上。然而，偏偏有个姓包的龙图阁大学士⑫，大胆地在皇上跟前参了他一本。奏疏大概是这样写的：

臣以为那曾某，原来只是一个白吃白喝、好赌成性的无赖，下流社会里的混混。只因为一二句话迎合了圣上的心意，便蒙圣上光荣的眷顾。他的一家老小，无不沾光，备受恩宠。曾某不但不想如何去奉献自身、报效朝廷；反而肆无忌惮地胡作非为，作威作福。他所触犯的种种死罪，就是拔下头发，也难以数计！

朝廷官员的任免升降，曾某大权独揽，衡量油水的多少，然后决定某一职位价钱的高低，公然卖官鬻爵，败坏国家法纪！于是文职的公卿、武职的将士，统统到曾家来找门路。要想高升，就得送上银两，他的行径，简直跟商贩没有两样。人人得仰他的鼻息、看他的颜色！

假如有个把杰出的人士，贤良的大臣，不肯曲意奉承，就要遭到报复，轻则解除职务，投闲置散；重则剥夺功名，编管为民。甚至你有一点不肯帮他为非作歹的意思，就被视为揭发他的隐私；要是有一言半语不小心冒犯了他，他就会把你贬到穷乡僻壤去。

文武百官只要见到他，没有不胆战心寒的，圣上因而处于一种孤立的地位。

而且，老百姓的血汗，他任意地榨取；良家的女子，他任意地霸占。弄得乌烟瘴气，暗无天日！只要他家的奴仆一到，地方官员不论大小，都要看他们的颜色；随便写封信去，司法衙门都得枉法徇私。甚至奴才们的儿子，远房的亲眷，外出都是高车大马、吆五喝六地招摇过市。地方上招待稍微有些怠慢，立刻就得挨马鞭子。残害人民、奴役官府，无所不为。他的车马一到，便搞得天翻地覆，鸡犬不宁。

可是那姓曾的，却始终威威赫赫的，仗着圣上的恩宠，丝毫不想悔改他的恶行。往往在圣上跟前颠倒黑白，入人于罪。每天草草地办完了公事，一回到家就倚红偎翠，沉浸在靡靡的笙歌里。声色犬马，日夜荒淫无度。国家的大计、人民的生活，丝毫不放在心上，世上哪里有这样的宰相！

臣早晚都为这件事情担惊害怕，不敢自求安逸，因此冒着生命的危险，一一列举曾某的罪状，禀奏圣上。恳请圣上砍下那奸人的脑袋，没收那贪官的财产。这样，对上可以平息天怒，对下可以大快人心。如果臣说的话有夸大不实的地方，愿受最严厉的处分。

　　曾孝廉听说包龙图上了这么一道奏章，吓得魂不附体，就像贸然喝了一大口冰水。幸好皇上对他非常包涵，把奏疏压着，不对朝臣发表。接着各部官员纷纷上疏弹劾，就是从前自称门生、叫他干爸爸的，也见风转舵，跟他翻了脸，炮口一致对准他轰击。于是皇上下令：曾孝廉充军云南，财产全部没收。他的儿子当时正在平阳（今山西省临汾市）太守任上，也被逮捕审讯。

　　曾孝廉接了圣旨，吓得面无人色，一时也不知如何是好。跟着便来了几十个武士，带着刀剑矛戈，一齐冲进内室，剥下他的衣服，摘了他的帽子，把他跟妻子绑在一起。接着又见几个工役在院子里搬运财物，金银钱钞，共有好几百万，珍珠、翡翠、玛瑙、玉石共有好几百斛。还有帐幕帘榻这一类东西，也有好几千件。至于小孩子的衣帽鞋袜，更撒满了台阶。

　　曾孝廉一一看在眼里，难过得眼睛像针刺、心里像刀割一样。过一会儿，又见到一个人把他那漂亮的小老婆拖了出来，小老婆披头散发，哭哭啼啼，一副六神无主的模样。曾孝廉心里悲痛得不得了，就像一把火在燃烧，憋着满肚子气不敢发作。所有的楼阁仓库，都被贴上了封条。官兵们大声地吆喝着，架着曾孝廉就走。

　　在解差们的拉拉扯扯之下，曾孝廉夫妇只有忍气吞声地跟他们上路，要想找一匹老马和一辆破车代步，也不可以。走了十多里路，曾孝廉的老婆已经走不动了，跌跌撞撞的，曾孝廉时常伸手去搀扶她。又走上了十多里，就是曾孝廉自己也感到疲惫了。忽然看见一座山岭，高峰入云，曾孝廉忧虑自己没法子登上去，不时拉着妻子的手，放声痛哭。而解差却目露凶光，在旁喝骂，不许稍作停留。

眼看太阳已经西沉，却找不到投宿的地方，没法子，只好跛着脚一拐一拐地走。到了山腰，他的妻子一点儿力气也没有了，坐在路边上哭哭啼啼的。曾孝廉也只有停下来休息，任凭那些解差叱骂。

忽然听到一阵鼓噪，接着看见一群盗贼，个个拿着兵器，跳跃来到眼前，那些解差吓得面无人色，夺路而逃。曾孝廉腿子一软，便跪了下来，向盗贼们乞怜道："请大爷们饶命！我犯官曾某，现在要充军到云南去，除了一条老命之外，身边再也没有别的东西，请各位高抬贵手，来日一定报谢不杀之恩。"说完，叩头就像捣蒜一样。

盗贼们不听犹可，一听说他就是曾孝廉，个个恨得咬牙切齿，眼睛通红，齐声嚷道："我们这一伙都是被你害得走投无路的老百姓，今天你来得正好，我们也不要别的，只要你这老贼项上的人头！"

曾孝廉见强盗不吃他这一套，竟也色厉内荏地大骂起来："我曾某虽然是戴罪之身，可还是朝廷的命官，你们这群土匪，休得无法无天！"盗贼听了，越发地动火，挥起手中的大斧，使力地砍向曾孝廉的脖子，曾孝廉一声惨号，人头便"扑通"一声掉了下来。

同游的人听见曾孝廉的叫声，都围过来问："老兄可是做了噩梦吧？"曾孝廉揉揉惺忪的眼，只见窗外已经暮色沉沉，室内的老和尚还是跟先前一样，盘膝坐在蒲团上。

同游的人七嘴八舌地埋怨说："天这么晚了，肚子也饿得不得了，为什么睡那么久？"曾孝廉无情无绪地站了起来，长长地伸了一个懒腰。

老和尚对他微微笑道："算命先生这一卦够灵验吧？"

曾孝廉越发觉得老和尚胸罗玄机，于是深深一揖，向老和尚恳求道："请大师指点迷津。"

老和尚摇摇头说："只要修德行仁，自有佳景。其他都不是我这野和尚所能知道的了。"

曾孝廉趾高气扬地来，却垂头丧气地回去。从此看淡了名利，也不再做当宰相的梦了。后来入山归隐，没有人知道他的去向。

（改写自《续黄粱》）

【注释】

① 孝廉：举人的称呼。

② 进士：明清两代，称举人参加礼部会试及格的为进士。

③ 年丈：古人称与父亲同年的人为年丈或年伯。

④ 参将：清代武职，地位仅次于总兵和副将。

⑤ 游击：清代武职，地位在参军之下。

⑥ 太师：在古代是三公之一。但唐宋以后，多为优待大臣

的荣衔，属于加官，并没有职事。

⑦　六部尚书：六部是吏、户、礼、兵、刑、工，各部的首长称尚书。

⑧　侍郎：清代在六部各设有左右侍郎，地位在尚书之下。

⑨　太仆：就是太仆寺的首长。清朝太仆寺专管牧马场的政令。

⑩　给谏：官名，清代属都察院，和御史同为谏官。

⑪　侍御史：官名，地位在御史中丞之下，掌理审讯、弹劾等职务。

⑫　龙图阁大学士：清代大学士是最高的文职，并享有最高的荣誉，公私礼节上都称为中堂，但本身并没有实际的职务。龙图阁，为殿阁名。

【短评】

服务公职，在于奉献自己的智慧才能，为天下苍生造福。如果只是凭借着既得的权位，遂行私意，作威作福，必为公众所鄙弃，天理所不容。

曾孝廉的梦，正是给那些热衷于名利的人一记当头棒喝。

冬天的荷花

济南有个道士，不知道是哪里人，也没有人晓得他是什么名字。不论冬夏，总是穿着一件单袍，腰上系着一根黄色丝带，再也没有别的衣服。他经常用一把木梳子梳头，梳完了就往发髻上一插，活像一顶帽子。

白天的时候，他喜欢在市上闲逛；到了晚上，便露宿在街头，靠近他身边几尺的地方，雪一落下来便融化了。

他刚到济南的时候，常常变戏法给人看，围观的人看得高兴，都纷纷送银子给他。有个市井无赖，送他几坛老酒，想请他传授戏法，可是他始终不肯答应。

有一次，那个无赖经过河边，看见道士正在河里洗澡，便连忙把他的衣服抱走，要挟他说："要衣服，就得教我戏法，不然我就叫你上不了岸！"

道士无奈，只好向无赖打躬作揖说："教你戏法是可以，可是你总得把衣服还给我呀！"无赖怕上他的当，还是不肯放下手中的袍子。

道士说："你可是真的不给？"

无赖说："当然！"道士既要不回衣服，便默不作声了。

不久，见到那条黄色丝带忽然变成了一条大蛇，把无赖缠了六七道。那条蛇昂着头，瞪着眼，对着无赖直吐舌头。无赖吓得跪在地上，脸色铁青，气都喘不过来，嘴里直喊着"饶命"。

道士这才把黄色丝带收回来，那条黄色丝带竟然仍是原来的黄色丝带，只是另外有一条蛇，慢慢地游进了城里。

从此以后，道士更加出名了。地方官绅听说他有一套好本事，都跟他来往，道士从此便在有头有脸的人家进进出出了。甚至宪司、道台①，都知道有这么一个道士，凡有宴会，总不忘带着他一道去。

有一天，道士在湖上的亭子里回请官绅。那天，官绅们在家里的桌子上都收到了道士的请帖，只是不知道是怎样送来的？

客人们到了亭子前，道士弯着腰迎上前来。客人们进了亭子，看见什么都未准备，就连几榻也没有，都以为道士存心开玩笑。

道士回过头来对官员们说："贫道没有僮仆，请你们的随从帮帮忙如何？"官员们都答应了他。

只见道士拿起笔来在墙上画了两扇门，随手敲敲，居然有应门的人，打开了锁，门"呀"地一声敞了开来。

大家不约而同地上前一看，只见门里有许多人来来往往，屏风、帘幔、桌椅也都具备。门里的人把东西一一传递出来，道士命令书办们接住放在亭子里，而且吩咐不要和门里的人交谈。

这样，里面的人送，外面的人接，不到一刻的工夫，已经把整个亭子摆设起来，有说不出的奢侈华丽。不久，香喷喷的美酒佳肴，都从壁间传递出来。座中的客人没有一个不感到惊异的。

亭子原来是背着湖水的，每年六月的时候，荷花盛开，一望无际。道士请客的时节，正是严冬，只见窗外湖水茫茫，绿波荡漾，一朵荷花也看不到。

有个官员偶然叹息着说："唉！今天这样好的聚会，可惜没有荷花点缀！"大家都深表同感。

正说着，已有一个书办进来报告："湖里长满了荷叶！"整座的客人都惊奇不已。推开窗户一望，远近都是一片青绿，一朵朵的荷花夹杂在绿叶中间。转眼工夫，万枝千朵的荷花，同时绽放，阵阵北风吹来，荷香沁人心肺。

大家无不感到奇怪，就派几个书办划着小船到湖里采莲。大家都远远望见书办们已到了花深的地方，可是不一会儿，船回来了，那些书办们都空着手来见。

官员们问书办是怎么回事。书办说："小的划着船去，眼看花在远处；可是渐渐到了北岸，不知怎的，花又跑到南岸去了。"

道士微微笑着说："这不过是幻梦中的空花罢了！"没有多久，酒喝完了，荷花也凋谢了；一阵北风骤然吹来，把荷花吹得一根也不剩。

济东观察使②很喜欢这个道士，就把他带回官署里，天天都跟他一块儿玩乐。

有一天，观察使和客人们饮酒。观察使拿出珍藏的美酒来招待客人，可是观察使有个规矩，每次只许喝一斗，多了绝不供应。

那天，有个客人喝了，连连称赞："好酒！好酒！"硬要主人把藏酒拿出来喝个痛快。观察使舍不得，就推说已经喝完了。

这时候，在一旁的道士笑着插嘴说："你们想要满足口腹，只管跟贫道来商量好了。"那些客人都请求他再弄些酒来。道士把酒壶放进袖子里，不一会儿，再拿出来向每位客人斟上一杯，和观察使所藏的美酒，味道完全没有差别。大家于是喝了个尽欢才散。

客人走后，观察使有些疑心，进去看看酒坛，那封口还是好端端的，可是里面的酒却一滴不剩了。

观察使又惭愧又生气，就传令把道士当作妖人拿下，严加鞭打。可是板子才挨到道士的屁股，那观察使便觉得自己的屁股剧痛起来，到第二板子再打下去，观察使的屁股便痛得要裂开了。

道士虽然在阶下声嘶力竭地哀号着，可是堂上的观察使，鲜血已染红了座位。观察使晓得道士不好惹，就喊罢手，把他赶了出去。

道士于是离开了济南，也没有人知道他到哪里去了。(改写自《寒月芙蕖》)

【注释】

① 宪司、道台：指地方上的高级官员。道是清代的行政单位，道台是一道的行政长官；宪司是掌理各行政区刑狱的官员。

② 济东观察使：就是济东道的观察使。观察使在清代别称"道员"。

这是一个神奇而富有哲理的故事，它说明了唯有得道的人，才能不受形迹的拘碍，即幻即真，即真即幻，既能超越时间，也能超越空间。

赵城义虎

山西赵城地方，有一位老太婆，年纪七十多岁了，只有一个儿子。有一天，她的儿子经过山里，竟被老虎吃掉了。老太婆非常悲伤，简直不想再活下去了，哭哭啼啼地向县太爷投诉。县太爷笑着说："老虎怎么可以用官法来制裁呢？"

那老太婆听了，越发哭得厉害，没有人能够制止。县太爷呵斥她，她也不害怕。县太爷可怜她年纪老迈，不忍心加以威吓，便敷衍她一番，答应替她去捉那只吃人的老虎。可是那老太婆还是跪在地上不肯起来，一定得县太爷发出拘拿人犯的公文才肯走。

县太爷无可奈何，便问那些衙役："谁能往山里走一趟？"

有一个衙役名叫李能的，那时正喝得醉醺醺的，自告奋勇地走到县太爷的跟前说："小的能去。"然后便接下了公文，老太婆这才满意地走了。

那个名叫李能的衙役酒醒以后，后悔了起来；可是仍以为那是县太爷为了摆脱老太婆的纠缠，故意布设的骗局，也就不把这件事放在心上，便拿着那纸公文去销差。没想到县太爷把桌子一拍，很生气地说："你自己原来说得好端端的，能把老虎捉来，现在怎么能容你反悔？"那衙役被逼得没有法子，便请县太爷下令招集猎户。县太爷答应了。

那衙役集合了各个猎户，日夜埋伏在山谷里，希望随便猎一只老虎去交差。可是整整过了一个月，也没有见着老虎的影子。他自己也为这件事，挨了县太爷几百大板，满腔冤屈没有地方可以控诉，只好跑到城东的东岳庙去，跪在神像前面祈祷，哭得声音都哑了。

不久，有一只老虎从外面进来，那衙役一看，吓得腿直打颤，生怕自己也被老虎吃了。可是老虎进入庙门以后，并不朝别的地方看，只是蹲伏在门的中间。

那衙役祷告说："如果那老太婆的儿子是你吃掉的，你就乖乖地让我把你绑了吧！"于是掏出绳索套在老虎的脖子上，老虎居然也贴着耳朵，乖乖地受绑。

那衙役把老虎牵到县衙里，县太爷升堂，把惊堂木一拍，便开始审问罪犯。县太爷问老虎："那老太婆的儿子，可是你吃掉的？"老虎点点头。

县太爷说："杀人的就要偿命，这是自古以来所定的法条。况且老太婆只有一个儿子，而你却把他吃了，这叫风烛残年的她如何生活？假如你能做她的儿子，我就可以赦免你。"老虎又点点头。于是县太爷叫人解开绳索，把老虎放了。

老太婆对于县太爷不杀老虎来抵偿她儿子的命，很不谅解。可是到了第二天一大早，奇事就发生了。她打开了房门，看见门口横着一头死鹿。老太婆把它的皮和肉卖了，作为日常生活费用。

从此，天天都是这样，有时老虎还衔了一些金钱和布帛到老太婆的院子里来。老太婆的生活，因此便宽裕了。

老虎对她的奉养比她以前的儿子还要好，她心里对老虎非常感激。老虎每次来，往往躺在屋檐底下，整天都不离开。人和畜生，始终相安无事，一点儿也没有提防的心。

过了几年，老太婆死了，老虎跑到灵堂里吼叫不已。老太婆平日的积蓄，作为埋葬的费用已经绰绰有余，族人就共同帮忙把她给埋了。坟土刚刚堆好，老虎突然跑来，所有的客人吓得都逃走了。老虎一直跑到坟前，大声地悲号，过了个把时辰才离开。

地方上的人感于老虎的义行，就在赵城的东门外建了一个"义虎祠"，这个祠到现在还保存着。（改写自《赵城虎》）

【短评】

情感和道义，是维系人类社会的两大支柱。一头凶猛无比的老虎，居然能为自己的行为负责，把情感和道义投注在一个老太婆的身上。对于人类的我们，是不是有所启示呢？

李超的武艺

李超是淄川西乡人，生性豪爽，又喜欢布施和尚。

有一天，一个和尚来化缘，李超用很丰盛的饭菜款待他。和尚感激李超的盛情，便向他说："我是少林寺出身的，有点小本事，让我教给你吧！"李超高兴极了，就空出客房给他住，并供应他的一切生活所需，早晚都跟他学习武艺。

李超学了三个月，武艺已经相当好了，感到非常得意。

和尚问他："你的武艺有进境了吧？"

李超说："进步多了，老师会的，我已统统会了。"和尚笑笑，便叫李超演练一下把式。

李超脱下上衣，摩拳擦掌地演练起来，身手灵活得像猿猴一样，轻快得像小鸟一样，翻腾跳跃了半天，才得意地停下来。

和尚笑着说："你的武艺确实不错。你说已经把我的一套都学会了，我们何不来比划比划？"李超欣然同意。于是各自把两臂一交，摆好了比划的架势。师徒二人，你来我往地打斗起来。

李超始终找不到和尚的漏洞，和尚飞来一脚，李超还未看清楚，就已摔出丈外，跌得人仰马翻。

和尚拍拍手说："你还未能学会我的全套本领呢！"李超连忙拜伏在地上，又惭愧又沮丧地请和尚再教他。

又过了几天，和尚教了一个段落，便告辞了。从此，李超的武艺便出名了，`走遍南北各地，从来没有遇到过对手。

有一次，李超偶然到了济南，见到一个年轻尼姑，在广场上表演武艺，广场挤得水泄不通。尼姑对着观众说："贫尼表演了一辈子武艺，都没有遇到强硬的对手，感到太寂寞了。有哪位喜欢来两下子的，不妨到场子上来比划比划。"她讲了三遍，观众只是你看我，我看你，没有一个敢下场子的。

这时，李超也在一旁观看，手脚不觉地痒了起来，于是他挺着胸膛，大模大样地走了进去。

尼姑笑笑，便与他交起手来了。还没有两下子，尼姑便连忙叫停，说："这是少林派的功夫。你的师父是谁？"李超起初不愿意讲，后来尼姑一再追问，李超才告诉他是某某和尚。

尼姑拱手行礼说："原来你师父是憨和尚！既是这样，我甘拜下风，这场武艺也不必比了！"

李超再三请求继续比划，尼姑都不肯。后来由于在场的观众一再怂恿，尼姑才勉强地说："你既是憨和尚的徒弟，我们便是一家人了，玩一玩也不妨，只是各人心里要有个底儿，做个样子就行了。"

李超答应了。可是他见尼姑外表文弱，便有了几分轻敌的意思。又因年轻好胜，想要借这个机会把尼姑打败，出出风头。正在拳来脚去的当儿，尼姑突然收手。李超问她原因，她只是微笑，不肯回答。李超以为她胆怯了，坚决地请求继续比试，尼姑不得已，这才又比划起来。

不一会儿，李超飞过一腿去，尼姑不慌不忙地并起五个手指，往他的腿上一削，李超只觉得膝盖以下好像被刀斧砍了一样，扑倒下去再也起不来了。

尼姑笑着表示歉意说："对不起，我太鲁莽了。刚才的冒犯，还请你不要介意！"李超被抬了回去，调养了一个多月，腿伤才渐渐复原。

一年多后，那和尚又到他家里，李超谈起了这件事，和尚大惊道："你太莽撞了！什么人不好惹，要去惹她！幸亏你提到我的名号，不然的话，你的腿早就断了！"（改写自《武技》）

【短评】

自满和自负，是进德修业的大敌，它不但会使自己在人群中孤立，而且也限制了本身的发展。"谦受益，满招损"，李超的武艺，不正说明这一点吗？

石武举之死

有个姓石的武举人，带着一些盘缠到京师去，想谋求一官半职。走到德州（清州名，今山东省德州市），突然得了场大病，吐血不止，整天躺在船上爬不起来。仆人趁着主人病危，就偷了钱逃走了。石武举一气一急，病情越发加重起来，后来连吃饭的钱也付不出了。船主人怕他死在船上，就打算把他抬到岸上，一走了之。

恰巧有个女人坐着船，夜晚停泊在岸旁，听到了这件事，自愿把石武举接到船上去。船主人很高兴，便扶着石武举上了那女人的船。

石武举打量一下，那女人约莫四十来岁，穿戴很华丽，仪态也还娴雅，石武举呻吟着向她道谢。

那女人走到身旁仔细地看了一下说："你本来就有痨病根子，现在灵魂早已飘到坟墓里了。"石武举听了，号啕大哭。

那女人说："我有一种药丸，可以起死回生；要是你的病好了，可别忘记我这份情意。"

石武举听了，流着眼泪发誓："你的大恩大德，我永生不忘。"那女人便拿出药丸来给石武举吃。才过了半天，病就好了一些。那女人亲自把一些可口的东西拿到床边来喂他，比起妻子照顾丈夫还要周到，石武举越发感激她。

过了一个多月，病完全好了。石武举跪在她的面前，就像对自己母亲一样地尊敬。那女人说："我孤零零的一人，没有什么依靠，如果你不嫌我难看，我愿意待候你的生活起居。"这时石武举已经三十多岁，老婆已经死了一年，听了她的话，大喜过望，就和她结成夫妻。那女人便拿出私蓄，叫他到京城去找门路，约定回来时再带她一起走。

石武举到了京城，经过一番钻营，谋得了山东省的总兵（清代绿营兵的高级统将，地位仅次于提督），剩下的钱，便买了鞍马行装，气派非常显赫。

这时他想到那女人年纪已经大了，终究不是个好伴侣，便花了一百两银子娶了姓王的女人做继室。可是他心中毕竟有些害怕，惟恐那女人知道了不饶他。于是他便避开了德州这一条路，绕了一个大圈子去上任。过了一年多，也不跟那女人通音讯。

石武举有个表亲，偶然到德州去办事，和那妇人比邻而居。妇人知道他是石武举亲戚，便来打听石武举近况。

那人一五一十地说了，妇人听了之后，大骂石武举负心，并且把他们两人的关系告诉了他。那人也深深为她抱不平，便宽慰她说："也许是公务太忙，一时没有工夫跟你联络。这样好了，你先写一封信，由我带给他，看他怎么表示。"妇人照着他的话做了，那人把信慎重地交给石武举，哪想到石武举一点也不把这件事放在心上。

又过了一年多，妇人亲自去投奔石武举，住在一家旅舍里，托衙门里一位专门接待宾客的官员替她通报。石武举居然不肯接见，并且叫人以后不要再理她。

有一天，石武举在家里饮酒作乐，他忽然听到吵骂的声音。正放下杯子倾听，那妇人已经掀开帘子进来了。石武举吓得面无人色。

那妇人指着他的鼻子大骂："你这个薄情寡义的东西，在这里倒是快活！也不想想你的富贵是打哪儿来的？我对你的情分不薄，就是要纳妾，跟我说一下，也没有什么不可以啊！"

石武举呆呆地站着，双脚好像被绑在那里似的，气都不敢吭一声。过了一阵子，才跪下来认错，并且为自己找些理由，请求原谅，那妇人的气才渐渐地消了。

石武举便和王氏商量，叫她以妹妹的礼节去见那妇人。王氏本来很不愿意，可是拗不过石武举苦苦哀求便去了。王氏向妇人行礼，那妇人也回了礼。

妇人说："妹子不必害怕，我不是泼辣善妒的女人。石武举这样待我，就是谁也受不了的，妹子也一定不情愿有这种男人！"于是便把事情的原委跟王氏讲了。王氏听了也非常生气，和那妇人一起骂石武举负心。石武举始终不敢吭气，只是恳求慢慢补过，这场风波才平息了下来。

当那妇人还未进来的时候，石武举曾经交代看门的人不要给她通报。事情发生以后，石武举很生气，不免暗地里埋怨那看门的一番。看门的一口咬定门锁全未打开，根本没有人进来。他平白无故地挨骂，很不服气。

石武举心里也很疑惑，可是又不敢去质问那妇人。两人表面上虽然有说有笑的，心里却终究存有芥蒂。幸好那妇人很温顺，从来不跟王氏争什么。王氏见她如此，就越发地敬爱她。每天早上都亲自去问安，就像侍奉婆婆一样。

那妇人对待下人宽和而有原则，料事精明，有如神仙。有一天，石武举印绶遗失了，整个衙门里都搅得天翻地覆，东寻西找，想不出办法来。妇人笑着说："不用担心，把井水淘干，印绶马上可以找到。"石武举照她的话去做，果然找到了失物。问她是如何知道的，她只含蓄地笑笑，不肯说出来。看她那样子，好像知道是谁偷的。

这样子过了一年，石武举觉察到她的行为有许多奇怪的地方，怀疑她不是人，时常叫人在她睡后偷听她的动静，只听到床上整夜都发出抖衣服的声音，也不知道她在做什么。

那妇人和王氏情同手足，相处得很融洽。有一个晚上，石武举因事出去了，妇人和王氏一块儿喝酒，不知不觉醉了，倒在床上，化成一只狐狸。王氏怜惜她，替她盖上一条锦被。

不久，石武举回来了，王氏把发生的怪事告诉了他。石武举想要杀死她，王氏说："她就是狐狸，可有对不起你的地方？"

石武举不听王氏劝告，赶忙去找佩刀。这时那妇人已经醒了，便破口大骂："你这种像毒蛇一样的行为、豺狼一样的心肠，我是没法子跟你长久相处的。从前给你服的药丸，请你还来！"

说着便往石武举脸上吐了一口痰，石武举觉得冷得像被浇了冰水一样，喉咙丝丝发痒，不久，便吐出一颗药丸来。那妇人拾了起来，愤愤地走了。大伙儿在后面追赶，一眨眼的工夫，已经不见了踪影。

石武举半夜旧病复发，咯血不止，过了半年便没命了。（改写自《武孝廉》）

忘恩负义是可鄙的行为，恩将仇报更是丧尽天良的表现，面对这些人，我们应该何以自处呢？故事中的这个狐狸告诉我们：要以直报怨。

大力将军

浙江人查伊璜，在一个清明节，和朋友在野外的寺庙中饮酒。

他看见大殿的前头有一座古钟，比两个石瓮还要大，钟上面的泥土还留着人手刚刚搬动过的痕迹。他觉得很奇怪，低下头一看，钟底下还摆着一个可以容纳八升的竹箩筐，不知道里面到底装些什么东西。叫几个人提着钟耳，用力掀开，却一点儿也不能移动它。查伊璜更加地惊骇，于是一面坐着喝酒，一面等待能移动古钟的人。

不久，来了个乞丐，携带了他所讨来的干粮，统统堆积在钟下。他用一只手掀起钟，一只手抓着食物放进箩筐里，来回三四次，才把食物搬完，然后再把钟盖起来，拍拍身上的灰尘走了。过了一阵子他又来到钟前，伸手到钟里掏食物吃，吃完了又伸手进去掏，轻松得就像开柜子一样。在座的人都感觉到惊奇。

查伊璜开口向他问道："像你这样一位好汉，为什么要行乞呢？"乞丐回答说："因为我的食量大，所以没有人肯雇用我。"

查伊璜发现他身体健壮，就劝他投身军旅。乞丐愁容满面地说，恐怕没有人介绍。查伊璜把他带回家去，供他吃喝。他的饭量要抵上五六个人。查伊璜替他换上新的衣服鞋帽，又送他五十两银子充当路费。

十多年后，查伊璜的侄子在福建做县官，有一位名叫吴六一的将军，忽然来拜访他。谈话间，吴将军突然问道："伊璜先生是您什么人？"

伊璜的侄儿回答说："他是我的伯叔辈，和将军在什么地方见过吗？"

吴将军说："他是我的恩师。分别了十年，无时不在想念他，想麻烦您请查先生到舍下叙旧。"查县令漫不经心地答应了。心想：叔父只是个风流名士，哪里会有什么武学生？

不久，查伊璜来了，查县令就把这件事告诉了他，伊璜一点儿印象也没有。可是由于吴将军一再地来询问，就吩咐仆人备马，拿了名片登门拜访。

到了将军府，将军快步地走了出来，亲自在大门外迎接。查伊璜一看，却和将军并不相识。心想："大概是将军弄错了。"可是吴将军却打躬作揖，非常地恭敬。

吴将军很礼貌地请客人进去。经过三四道门，查伊璜忽然看见女人来来往往，心想这大概是将军的内室，就停下脚步来。将军又揖请他进去。一会儿走到了内室，那些卷帘子的、摆座位的，个个都是年轻貌美的女郎。

两人坐定以后，查伊璜正想开口，将军的嘴角稍稍示意，一个女郎便把朝服捧了出来，将军马上站起来换衣服。查伊璜不知道他要干什么。女郎们替将军整顿好了袖口和衣襟，吴将军先叫几个人把查伊璜按在座位上不让他动，而后向他下拜，就像觐见皇帝一样。

查伊璜愣住了，被他搞得丈二金刚摸不着头脑。将军拜见伊璜以后，又换上便衣陪坐，笑着说："先生记不得那个举钟的乞丐了吗？"查伊璜这才恍然大悟。

过了一会儿，将军命人摆下丰盛的筵席，私人乐队在下面奏着悦耳的曲子。酒喝得快意的时候，美女们都环立在左右侍候。将军带他进了卧房，请问了他睡觉的习惯方向，然后才离开。

第二天早上，查伊璜因为前夜喝醉了，起来得很晚。将军已经在卧房外面问候过三次了。查伊璜心里觉得很过意不去，打算告别回去。哪想到将军已经拿掉了车辖，门也上了锁，不让他出去。

查伊璜看见将军整天不做别的事，只是清点男女佣人，以及牲口、衣饰、器具。他督导着手下的人造册登记，还警告他们不可短少遗漏。查伊璜以为这是将军的家务事，也就没有深问。

有一天，吴将军拿着册子向查伊璜说："我所以能有今天，完全是先生的大恩大德所赐。所以一个婢子，一件器物，我都不敢私有，让我用它的一半来奉谢先生。"

查伊璜惊愕地不肯接受，将军却不理会他，又拿出几万两黄金，也分成两份。按照册子清点，古玩、床几，厅堂的内外几乎摆满了。查伊璜坚决地拦阻他，将军全不理会。

等到查点过了男女佣人的姓名，命令男的整理行装，女的收拾器物。他还嘱咐他们要恭敬地服侍先生，众人齐声答应。最后又亲自看着婢女、丫鬟登上车子，马夫牵着马骡，浩浩荡荡地准备要出发，才回过头来与查伊璜告别。（改写自《大力将军》）

【短评】

给予别人的恩惠，自然不必放在心上；可是蒙受了别人的恩惠，却应该牢牢地记住。所谓饮水思源，感恩图报，乃是我们为人的正理。这个故事，和上篇《石武举之死》，恰好是一个鲜明的对比。

秀才和进士

京城里有一个书生，家里很穷，又遇到荒年，便跟从父亲到洛阳去讨生活。他生性鲁钝，到了十七岁，才能写一篇短短的文章。可是他举止潇洒，为人风趣，又写得一手好的书信。看过他书信的人，也不知道他肚里没有一点儿墨水。没过多久，他的父母相继去世了，他孤零零的一个人，便在当地的私塾里教儿童读书。

那时，村子里有个姓颜的孤女，她是一位名士的后代，从小就很聪明。父亲在世的时候，曾经教她读书，只消读上一遍，就不会忘记。十几岁的时候，又跟父亲学吟诗填词，她父亲慨叹地说："我家有个女学士，可惜却不是男儿身。"因此，父亲非常疼爱她，希望给她找一个好夫婿。

　　父亲去世以后，她的母亲也怀着这份希望，可是东挑西选的，始终找不到合适的对象。三年之后，她的母亲又去世了。有的人劝她找个差不多的读书人嫁掉算了，那颜姓孤女也很同意，只是说要等待机会。

　　有一天，隔壁的妇人来到她家，跟她闲聊，那妇人用字纸包着丝线，颜姓孤女打开一看，那张字纸原来是书生写给妇人丈夫的亲笔信。她翻来覆去地看了好几遍，对写信的人不觉有了好感。

　　隔壁妇人看出她的心事，就私下告诉她说："这个人是一位风度翩翩的美少年，和你一样，都是孤儿，年龄也差不多。你如果有意思，我就叫那口子替你们两个撮合。"

　　颜姓孤女只是摸着衣角，默不作声。

　　隔壁妇人回家以后，就授意丈夫"如此这般"。那妇人的丈夫跟书生本来就很要好，便立刻把这件事告诉他。书生喜出望外，就把母亲留给他的一枚金戒指交给那妇人的丈夫，请他转赠颜姓孤女作为聘礼。

　　书生和颜姓孤女结婚以后，夫妻感情很好。颜氏看到书生所写的文章很差，便笑着说："这文章跟你的相貌一点儿也不称，像这个样子，哪一天才上得了榜？"便早晚劝书生苦读，严格得像老师对待学生一样。到了傍晚时分，颜氏总是先挑亮烛心坐在桌子边，自个儿吟哦起来，作为丈夫的表率。一直到听钟漏响了三下，才拖着疲倦的身子上床睡觉。

这样子过了一年多，书生的八股文做得相当好了，可是一遇到考试，便败下阵来，始终没没无名。最后竟弄得三餐不继，心情真是落寞极了。

有一天，他思前想后，不禁悲从中来，竟放声大哭起来。颜氏见了，便呵斥他说："你简直不是个男子汉，却徒然有这一身男子的装扮！假如我不是个女人，那功名富贵随手都可以拾取！"

书生当时正在懊恼，听了妻子这样子奚落他，怒不可遏，便鼓起眼睛说："你们妇道人家，懂得什么！连考场都没有进过，你以为功名富贵就像在厨房里打水煮白米稀饭那样容易？就是你换上了男皮，也不会高明到哪里去！"

颜氏笑着说："你也不必生气。等到考试那天，我改个装扮替你去考就是了。如果也像你一样的不得意，我发誓以后再也不敢轻视读书人了。"

书生经她这么一说，便也笑着说："你不晓得黄连有多苦，真应该让你尝尝！只怕你露了马脚，免不了要被乡里笑话呢！"

颜氏说："我也不是说着玩的。你曾经说，在京城有一栋老屋，就让我改着男装跟你回去好了。你从小就离开老家，如果说我是你的弟弟，谁会不相信呢？"

书生心里想：反正是闹着玩的，让她试试也不打紧，便随口答应了。

颜氏进入房中，不久便换了男装出来，跟丈夫说："你看我可像男子吧？"书生一看，果真像一个风度翩翩的美少年。书生很高兴，便挨家挨户地向邻居们告辞。那些交情好的朋友送了他一点儿盘缠，他便买了一匹瘦驴，跟妻子骑着回去了。

回到了老家，书生的堂兄还在，看到两个弟弟长得一表人才，非常高兴，早晚都细心地照顾他们。又见他们没日没夜地苦读，就更加地敬爱。还特别雇了一个小童，供他们使唤。到了晚上，他们往往把小童支开。

乡里有什么婚丧喜庆，"哥哥"总是独自去应酬，"弟弟"便放下窗帘，埋头读书。过了半年，很少有人见过"弟弟"的面。有的客人想见他一面，"哥哥"便替他婉言拒绝。大家读了"弟弟"的文章，惊奇得不得了，有的甚至贸然冲进房里去，想跟他接近。他总是作了一个揖，便溜走了。大家看到他的丰采，就越发的倾慕。

从此，弟弟的名声无人不知，那些有头有脸的人家都争着想招他为女婿。堂兄也常就这件事跟他商量，他只是羞涩地笑。要是再逼迫他，他便说："我决心求取功名，没有考上，绝不结婚！"

不久，学官前来主考，"兄弟"两人一同赴试，做"哥哥"的又落榜。"弟弟"以第一名的资格应试，考中了第四名举人。

第二年，又考上了进士。朝廷任命他为桐城县的县令，政绩很好。不久，升为河南道掌印御史（掌河南道所属各级官吏的监察和督导），富有得跟王侯一样。于是他便借口生病，请求退职，蒙天子赐准，重新回到田园。

回家以后，客人接二连三地来拜访，他一直推辞，不肯接见。加以从生员开始，一直到飞黄腾达，从来都未听说他要娶妻，人们都觉得他很古怪。

过了一段时间，慢慢地买了丫鬟、使女。有人怀疑他跟这些女子有所勾搭，可是经他堂嫂注意观察，他们之间也没有什么不可告人之事。

不久，明朝灭亡，天下大乱。做"弟弟"的这才告诉堂嫂说："实不相瞒，我就是你弟弟的媳妇。因为我那男人才质平庸，难得有所成就，我一气之下，决定自己去求发展。可是又生怕事情真相张扬开来，劳动天子召问，被天下人当作笑柄，所以一直保密到现在。"

堂嫂听了她的话，还是不相信。于是颜氏便脱下靴子，露出了三寸金莲，她的堂嫂才惊讶地叫了起来。

后来，颜氏便叫书生承受她的官衔，自己仍然关起门来，本本分分地做个女人。那些有头有脸的人物，也都以对待御史的礼貌来对待书生。可是书生却觉得承袭女人的官衔到底不太光彩，仍然以书生自居，终身不肯高车大马地摆出达官贵人的姿态。（改写自《颜氏》）

【短评】

在封建时代，女性往往成为男性压迫的对象，蒲松龄在这个故事中，表明了女子的学识和才能并不比男性差。这也许正是作者要求男女平权的一种暗示吧！

老屋里的故事

陕西姜侍郎的老屋，鬼魅很多，经常出来诱惑人。姜侍郎不堪其扰，索性把家搬到别处去，只留下一个老奴看守房子，可是那老奴不久便被鬼弄死了。这样，接连换了几个人守门，都免不了同样的遭遇。姜侍郎无法可想，就把那栋老屋荒弃了。

乡里有个名叫陶望三的书生，向来风流倜傥，喜欢跟风尘女子接近，可是每次酒喝得差不多了，便自顾自地回家。

有时候，他的朋友故意叫风尘女子去缠他，他也笑着接受，可是一夜到天亮，他都不曾做出越轨的事来。

有一夜，他住在姜侍郎家，有一个婢子来到卧房勾引他，他也不假辞色，因此，很受姜侍郎的器重。

陶望三的家里一向很穷，老婆刚死不久，只有几间茅草房可住。在那炎炎夏日，热得让人连气都喘不过来，于是陶望三便跟姜侍郎商量，希望能借住他的废宅。姜侍郎因为那老屋不太清静，便婉言拒绝了。陶望三忽然想到，晋朝的阮瞻曾作过一篇《无鬼论》，我何不仿效仿效？主意已定，便作了一篇《续无鬼论》献给姜侍郎，并且说："就是有鬼，又能对我奈何？"姜侍郎经不起他再三要求，便答应了。

陶望三到姜家老屋去打扫大厅，到了傍晚的时候，就把书放在那儿，然后再回家去搬东西，可是回来的时候，所有的书都不见了。他觉得很奇怪，便不声不响地躺在榻上，等着看个究竟。

大约过了一顿饭的工夫，听到有人在走路，声音越来越近，他斜着眼一看，只见两个女郎正从房里走出来，把书一本一本地往桌子上丢。其中一个女郎大约二十岁，另一个女郎十七八岁，都长得很标致。

接着，她们又轻轻地来到榻前，你看着我，我看着你，笑了起来。陶望三静静地躺着，一动也不动。年纪大一点的女郎举起一只脚来踩在陶望三的肚子上，年纪小的只管捂着嘴巴笑。

陶望三经这么一踩，忽然觉得心旌飘摇起来，几乎到了无法把持的地步。于是赶快收敛精神，摒除杂念，决心不去理会它。

那女郎看到她的妖术不灵，又进一步地挨过身来，用左手摸他的胡须，右手轻轻地拍他的下巴，发出了小小的响声。于是，那年纪较小的女郎笑得更厉害了。

陶望三突然挺起了身子，大声呵斥道："你们这些鬼怪，好大的胆子！"那两个女郎吓了一跳，便逃走了。

陶望三怕夜里兔不了要被她们作弄，便打算搬回去，可是话已经说出去了，又没法子收回来，只好挑灯夜读。那些黑暗的地方，总是鬼影幢幢的，可是他看都不看一眼。快到半夜的时候，他实在困了，便亮着蜡烛上床睡觉。眼睛刚刚合拢，便觉得有人用一根细小的东西搔他的鼻孔，好痒好痒，忍不住打了一个大喷嚏，接着便听到暗处传来清脆的笑声。陶望三也不说话，只是装睡等她们再来。

不久，便见那年轻的女郎用纸捻成一根小棒子，蹑手蹑脚地来到榻前。陶望三突然从榻上跳起来，大声地呵斥，她一闪就不见了。可是待他一睡着，那女郎又来搔他耳朵。整个夜晚，都被她闹得不得不宁，直到鸡叫以后，才安静下来。

那些藏身在屋里的鬼魅，在白天总是毫无动静，可是一到夜晚，又开始若隐若现地出来了。陶望三便在夜晚煮东西吃，准备熬到天亮。

那年纪大的女郎渐渐壮起胆子，过来坐在陶望三的桌旁，用双手托着下巴看他读书。接着趁他读得入神的时候，突然把他书本合起来就走。陶望三气极了，起来捉她，她早已不见了。过了一会儿，她又来摸他的书，陶望三只好用手按着书念。

那年轻的女郎偷偷地来到他脑后，一下子用手蒙住他的眼睛，一下子又逃走，然后站在远处，对他傻笑。陶望三指着她骂道："小鬼头！要是让我捉住了，就休想活命！"可是那女郎一点也不害怕。

陶望三便跟她开玩笑说："男女间的事，我一点儿也不懂，你们就是缠我也没有用。"

两个女郎听了，微微一笑，便转身走向灶台，劈柴、淘米，为陶望三做起饭来。陶望三看见了便夸奖她们说："二位这样子做，我真是太感谢了。"

　　不久，稀饭煮好了，她们争着把汤匙、筷子、陶碗放在桌子上。陶望三说："你们为我做事，我太感激了，可是要怎么报答你们呢？"

　　两个女郎笑着说："饭里已经掺了砒霜和鸩毒了。"

　　陶望三说："我和你们向来无冤无仇，何必用这种手段来对付我？"他喝完了一碗稀饭，又要再盛，那两个女郎争着来侍候他。陶望三感到很高兴。从此，她们便常常这个样子。

　　久而久之，陶望三和她们渐渐混熟了，经常坐在一块儿聊天。陶望三问她们的姓名，那年纪大的女郎说："我叫秋容，姓乔，她是阮家的小谢。"又追问她们的身世。

　　小谢笑着说："痴子！你老是拒我们于千里之外，这回谁要你问我们的家世？难道要谈嫁娶不成？"

　　陶望三一本正经地说："面对你们这两位美女，我怎么能不动心呢？只是你们身上那股阴气，谁碰到了都要死。不愿让我住在一块儿，我离开就是了。如果愿意让我住在一块儿，我们也可以相安无事呀！你们如果不喜欢我，我何必要玷辱你们两位佳人呢？你们如果喜欢我，又何必要害死我这个狂生呢？"两个女郎听了，都非常感动，从此以后，便不再恶作剧了。

　　有一天，陶望三书还未抄完就出去了，回来的时候，看见小谢正伏在桌上,拿着笔替他抄写。看到陶望三回来,丢下笔斜着眼睛笑。陶望三走近一看,字虽然写得不像样子,倒也是整整齐齐的。

陶望三称赞她说:"想不到你还是一个雅人呢!假如你喜欢这玩意儿,我倒可以教教你。"于是便把她搂在怀里,握住她的手教她写字。

这时秋容从外面回来,看到他们如此亲热,表情突然变了,好像很不是味道。小谢笑着说:"小时候曾经跟父亲学写字,现在已经好久没有握笔了,生疏得不得了。"秋容也不搭腔。

陶望三察觉了她的心事,却假装着不知道,也把她搂着,交给她一管笔说:"我看你会不会这玩意儿?"

他教秋容写了几个字以后,站起来说:"秋姑娘运起笔来很有劲呢!"秋容这才高兴起来。

陶望三于是折了两张纸写上自己的字,作为她们的范本,叫她们照着样子写。自己又另外点了一盏灯读书。因为她们两人都有事做,不再来捣乱,陶望三心里暗自高兴。她们写完之后,很恭敬地站在桌前,听陶望三批评。

秋容一向不懂笔画,每个字都涂得黑黑的一团,完全认不得。批改完毕,秋容看到自己比不上小谢,脸上有点挂不住。经过陶望三一再慰勉,她的脸色才开朗起来。从此,这两个女郎便以对待老师的礼节来对待陶望三。陶望三坐着,就替他捶背;躺着,就替他捏腿,争着讨好他。

又过了一个月，小谢的字居然写得非常工整，陶望三有时候很夸奖她，秋容听了感到非常惭愧，眼泪像断了线似的淌下来。陶望三百般宽慰她，她才把泪水止住。于是陶望三开始教她读书，她的领悟力很强，只要教她一遍，她就能完全理解。她和陶望三一块儿读书，常常熬到天亮。

小谢又把她的弟弟三郎带来，拜陶望三为老师。三郎年纪十五六岁，长得眉清目秀，他以一个金如意（搔背的器物，多用金属或玉石制成，由于名称吉祥，一般人也当作玩赏之物）作为拜师的礼物。陶望三让他跟秋容同读一种经书，满堂都是朗诵的声音，陶望三竟然成为众鬼的老师了。

姜侍郎知道了，非常高兴，总是按照时间供应他柴米油盐。这样过了几个月，秋容和三郎的诗都作得很好了，常在一起酬唱。小谢暗中叫陶望三不要再教秋容，他答应了；秋容也暗中叫陶望三不要再教小谢，他也答应了。

有一天，陶望三准备去应试，两个女郎泪水涟涟，与他道别。三郎说："您这一趟可以借口生病，不要去了。不然的话，恐怕会惹一身麻烦。"陶望三总觉得以生病作借口而不去考试，到底不太光彩，还是不顾一切地去了。

原来，陶望三喜欢用诗词讥刺时政，得罪了同邑的某一贵族，经常想找机会来整他。于是暗中贿赂了考官，硬说他行为不端，把他拘留在牢狱里。

陶望三在牢狱中，身上带的银两都用光了，只好向同室的囚犯要东西吃，心想：这一次准是活不成了。忽然，他看见一个人闪了进来，一看原来是秋容。她为陶望三带来许多食物，并且对他悲伤地哭道："三郎说你会惹上麻烦，现在果然被他料中。他今天是跟我一道来的，已经到司法衙门去申诉了。"她说了几句话便走了，旁的人都不曾察觉。

第二天，司法部门的长官外出，三郎拦路喊冤，那位长官下令把他抓起来。秋容从狱中出来，回头去打探消息，三天都没有回到家来。陶望三在狱中又担心又饥饿，日子好难打发，过一天就像过一年那样漫长。

忽然小谢来了，悲痛得不得了，她说："秋容回去，经过城隍庙，被西廊的黑判官架走了，逼迫她做小老婆。秋容不肯答应，现在也被关起来了。我跑了几百里路，快累死了；到了城北，又被老棘刺破了脚板心，痛入骨髓，恐怕以后不能再来看你了。"于是把脚举起来给陶望三看，红红的血，已染湿了鞋袜。她交给陶望三三两银子，便一拐一拐地走了。

后来司法衙门审问三郎，认为他和陶望三一向没有瓜葛，无缘无故地替他控诉，其中一定有问题，准备打他一顿，可是三郎一倒在地上就不见了。

审判官觉得很奇怪，再看看他的状子，文字写得非常哀伤。于是把陶望三提来当面审讯，问他三郎究竟是谁？陶望三假装不认识。那审判官这才了解他是冤枉的，便放了他。

陶望三回去以后，整个晚上都看不到一个人。直到更深的时候，小谢才回来。小谢脸色灰败地说："三郎在司法衙门的时候，被衙门的神押到阴司地府去了。那阎罗王觉得三郎很讲义气，就叫他投胎到富贵人家。秋容被拘禁了很久，我曾经以状子向城隍爷投诉，又被阻挡，没法子进去，要怎么办才好呢？"

陶望三勃然大怒，说："黑老鬼竟敢如此！待我明天把他的泥像推倒，踩成碎块；同时找那城隍爷理论，他属下这样蛮横无理，难道他一点也不知道吗？"两人悲愤相对，不觉快过了四更。

这时候，秋容竟不声不响地回来了。两人高兴得跳了起来，连忙问她被扣留的经过。

秋容流着眼泪说："我可为你受尽了折磨！那黑判官每天用刀棍威胁我，要我听他摆布，我誓死不从。今晚他忽然放我回来，并且说：'我没别的意思，原来也只是为了爱你；你既然不肯，我也不会侮辱你。请你告诉陶先生，千万不要见怪才好！'"

陶望三听了，心里才稍稍舒坦，便要和她们同床共枕。他说："今日我宁愿为你们而死！"

两个女郎感动地说："我们自来接受你的开导，已经懂得一些道理了。怎么忍心因为爱你而把你害死呢？"坚决不肯答应他的要求。可是他们那种款款的深情，和夫妻并没有两样。两个女郎因为这次变故，妒意也完全消除了。

又过了些时候，陶望三在路上遇到一位道士。那道士转过头来告诉他说："老兄身上沾了鬼气。"陶望三觉得他话出有因，便一五一十地告诉他。

道士说："这两个鬼很不错，不应该辜负她们。"于是画了两道符给陶望三，嘱咐他说："回去以后，把符交给她们，其余的要看她们自己的造化了。告诉她们：如果听到门外有哭女儿的殡葬行列，就把符吞下赶快出来，先到的人就可以活。"陶望三照着道士的指示做了。

过了一个多月，果然听到葬女儿的行列经过，两个女郎争着跑出去。小谢一紧张，忘记把符吞下。秋容一直冲过去，闪进棺材里就不见了。小谢没法子进去，大哭一顿折了回来。陶望三出来一看，原来是郝家在殡葬女儿。

大家看见一个女子闪进了棺材，没有一个人不惊疑的。不久，棺材里居然发出了声音，工役们停下来打开棺木一看，那郝家的姑娘突然复活了。于是暂时把棺木放在陶望三的书斋外面，大家围在四周守住她。她忽然张开眼问陶望三人在哪儿。

郝家夫人问她要做什么？她回答说："我并不是您的女儿。"便把事情的原委说了。

郝氏还是将信将疑，准备把她抬回去。那女儿死也不肯答应，一直往陶望三的书斋里走，倒在那儿不起来。

郝氏无可奈何，就认陶望三为女婿。陶望三走近一看，面貌虽然不同，可是风采却不比秋容差。他大喜过望，进一步和她谈论生平。

忽然，他们听到呜呜的鬼叫声，原来是小谢在黑暗的角落里哭泣。陶望三心里很是不忍，就把灯移过去，一再地宽慰她，只见她的襟袖都被泪水沾湿了，痛苦得不得了。一直快到破晓的时候，她才离去。

天亮以后，郝家带着婢仆送嫁妆来，俨然成了岳婿的关系。晚上进入布幕隔成的房间，小谢又哭了，一连六七个晚上都是这样。夫妇两人都深深为她感到难过。

陶望三苦恼极了，想来想去，都没有办法解决。秋容说："那道士是个仙人，不妨再去求他，也许他动了怜悯之心，会有法子补救。"陶望三觉得她说得不错，便找到了道士栖身的地方，跪伏在地上请求他。

道士一再说无法可想，陶望三哀求不已。道士笑着说："你这痴子好缠人！这也是你们有缘，且让我拿出看家的本领来。"

于是，道士便跟书生回来，要了一个安静的房间，闭起门来打坐。并且警告大家，千万不要跟他接触。前后十几天，不吃也不喝。其他人偷偷地往里面看，只见那道士只是闭着眼睛，什么也没有做。

有一天早上起来，有一个年轻的女郎拉开帘子进来，明亮的大眼，洁白的牙齿，容光照人。她微笑着说："跋涉了一整夜，可把我累死了！被你纠缠个没完，跑了百把里路，才找到一间好房舍，道士把我载着一起来了。"等小谢来了，那女郎立刻跑过去抱住她，两人合为一体，倒在地上便僵直了。

道士从屋里出来，拱一拱手便径自走了。陶望三送了几步，等到回来的时候，那女郎已经苏醒了。把她扶到床上，呼吸和身体才慢慢恢复正常。

后来，陶望三考上进士，做了官，有个叫蔡子经的，是陶望三的同年，因事来拜访他，停留了好几天。

有一天，小谢从邻居家回来，蔡子经望见了，便快步地在后面跟着，小谢躲躲闪闪的，心里暗暗骂他轻薄。

蔡子经告诉陶望三说："有件事听起来恐怕会吓死人，不知道可不可以告诉你？"陶望三问他："什么事？"

蔡子经回答说："三年前，我的幺妹不幸夭折，过了两夜，尸首忽然不见了，到现在我们还是觉得蹊跷。刚刚见到夫人，那模样跟我亡妹真是像极了。"

陶望三笑着说："内人糟糠之姿，哪里能跟令妹相比？我们既然是同年，关系不比寻常，让家小来拜见拜见也不妨。"于是便走到房里去，叫小谢穿着殓葬时的衣服出来见客。

蔡子经一见大惊道："果真是我妹妹！"说着，便流下泪来。

陶望三于是详细地说明了事情的经过。蔡子经高兴地说："妹妹原来未死，我得马上回去，告慰家父、家母。"

过了几天，蔡家大大小小统统来了，后来他们和陶望三来往，也完全跟郝家一样。（改写自《小谢》）

【短评】

面对着妓女，心中却没有妓女，这是何等的修养！何等的胸襟！

唯有尊重爱情的人，才能得到真正的爱情。陶望三的故事，给了我们有力的启示。

少年与白鸽

邹平县（今山东邹平市，清朝属济南府）有一个叫作张幼量的公子哥儿，很喜欢养鸽子，只要听说哪里有名鸽，总不惜以重金去购求。在齐、鲁一带养鸽子的人士，要数他最有名，张公子自己也常常引以为傲。

有一个夜晚，张公子正坐在书房里看书，忽然有人来敲门，张公子把门打开一看，原来是一位白衣少年。张公子问他来历，那白衣少年说："像我这样浪迹天涯的人，姓名还值得一提吗？我老远就听说公子养的鸽子很多，不知道能不能让我见识见识？"张公子便领着他去参观，那些鸽子什么颜色都有，非常漂亮。

少年笑着说："人家的传说果然不假，公子可以说是最能养鸽子的人了。我也带了几只鸽子在身边，不知公子愿不愿意去鉴别一下？"张公子很高兴，就跟着那少年走了。

这时，大地被淡淡的月色笼罩着，放眼望去，原野上一片萧索，张公子心里不免有一点疑惧。那少年指着前面说："请张公子再走几步，寒舍马上就到了。"

他们又走了一程，看见一个道观，只有两栋房舍。少年拉着他的手进去，里面黑漆漆的，没有一盏灯火。少年站在院子里，嘴里学着鸽子叫。忽然，有两只鸽子飞了下来，看起来，它们跟寻常的鸽子没有什么不同，可是毛色却是纯白的。它们飞得跟屋檐一样高，每扑动一次，就在空中翻一个筋斗。少年挥挥手，它们就翅膀挨着翅膀飞走了。

接着，那少年又撮着口发出一种奇怪的声音，又有两只鸽子飞了下来：大的那只像鸭子一样大，小的那只只有拳头那么一点儿。它们停在台阶上，学着白鹤跳舞。大的伸长脖子站着，张开的翅膀，像座屏风一样，它一面鸣叫，一面翩翩起舞，好像是在带领着小的表演。那小的也忽上忽下地飞着、叫着，有时候停到大的头上，那翅膀就像燕子落在蒲叶上一样的轻飘。这时，大的伸直脖子，动也不敢动。它们的节奏越来越快，声音也变得像玉磬一样，两两相和，配合得天衣无缝。接着小的飞了起来，大的又仰着身子呼引它。

张公子大开眼界，赞叹不已，深深为自己的见识短浅而惭愧。于是向少年作揖，希望他能割爱，少年不肯答应。后来，他又一再地恳求，少年便呼喝鸽子离去，另外招了两只白鸽来。他用手抓住说："如果不嫌弃，我愿意把它们送给你。"

张公子接过来把玩，只见它们的眼睛在月下呈琥珀色，黑色的眼珠比胡椒的颗粒还要圆；打开它们的翅膀一看，胸口的肉晶莹剔透，五脏六腑都仿佛可见。张公子惊奇极了，可是意犹未足，仍然跪在地上乞求不已。

白衣少年说："还有两种没拿给你看，现在也不敢再拿给你看了。"

两人正在争论的当儿，公子的家人已燃着麻秆来找主人。张公子回过头来看那少年，居然化成了像鸡一样大的白鸽，凌空而去。而且，那眼前的院落也不见了，只见一座小坟，坟旁种着两棵柏树罢了。

张公子和家人抱着鸽子回去，让那鸽子飞飞看，发现它们还是跟刚才一样的驯良。虽然不是白衣少年所拥有的鸽子中最好的，可在人世间已经不可多得了。于是公子就把它们当作宝贝一样看待。

过了两年，张公子那对白鸽又孵了三对乳鸽。纵然是亲朋好友来求，他也舍不得割爱。有一位父亲的朋友，是当朝的大官，有一天见到公子，顺口问问他养了多少鸽子，公子连说几声"是是"就退了下来。

张公子以为这位父亲的朋友很爱他的鸽子，想要送两只给他，以报答他平日的照顾，可是又舍不得。他又想道：对长辈的要求，是不应该一再违逆的。而且，把普通的鸽子送给他也不太适合，就选了两只白色的鸽子放在笼子里叫人送过去，自以为这份礼物比千金还来得重呢！

过了些时候，他偶然见到这位父亲的朋友，很有点给人好处后，希望别人能够面谢的心理。可是对方居然没有说一句感谢的话。他再也憋不住了，就问道："前些时候送给您的鸽子还不错吧？"

他父亲的朋友回答说："蛮肥美的！"

张公子听了一惊，说："您莫非煮来吃了？"

对方说："是呀！"

张公子吓得跳起来说："这可不是普通的鸽子，而是一般人所说的'鞑靼'种咧！"

对方又回想了一下说："可是味道也没有什么不同呀！"

张公子听了，真是又伤心又恼恨，一时竟说不出话来。

当天夜晚，张公子梦见白衣少年来责备他说："我原以为您能爱惜它们的，所以才把孩子托付给您。您怎么可以把明珠任意丢弃，让人白白糟蹋呢！现在我只好带着儿孙们走了！"说完后，便化成了一只鸽子，张公子所养的白鸽都纷纷地跟着它飞走了。

张公子第二天早上起来，发现所养的白鸽，果然一只也不剩了。(改写自《鸽异》)

【短评】

在没有彻底了解对方之前，千万不可以把最珍爱的东西献给他。否则对这些东西便是一种亵渎，而对自己也是一种损害。

瘟　神

陈华封是山东蒙山人。有一个大热天，他靠在野外的一棵大树底下乘凉。忽然看见一个人跑过来，在阴凉地方找了一块大石头坐下。他的头上裹着围巾，手里的扇子挥个不停，汗水把衣服都渗透了。

陈华封站起来笑着说："要是把围巾除掉，不要扇扇子也会凉快啊！"

那个人说："脱下来容易，再套上去可就难了。"

陈华封和他谈话，觉得他懂的东西很多。接着他又说："我现在也不想别的，只要几杯浸过冰水的美酒下喉，暑气就可以消除一半了。"

陈华封笑着说："这倒很容易办到，我就可以满足你的需求。"于是拉着那人的手说："我家就在前面，请你过去坐坐。"那人笑着接受了。

到了家里，陈华封把藏在石洞里的酒拿出来招待客人，那酒冰得叫人牙齿打颤。那人高兴极了，一口气喝了十大杯。那时，太阳已经西沉，天忽然下起雨来。于是陈华封点亮了灯，那人也把头上的围巾解下，两人一面喝酒，一面天南地北地聊了起来。在谈话的时候，陈华封见那人的脑袋后面，时常漏出灯光，觉得非常奇怪。

没有多久，那人喝醉了，倒在床上就睡。陈华封把灯移过去偷偷一看，只见他耳朵后面有一个茶杯口那么大的洞。有好几层厚膜，把里面隔成一格一格的，像窗棂一样。外面挂着一块软皮，把格子遮起来，中间好像是空的。他惊奇极了，便偷偷地拔下发髻上的簪子，拨开厚膜想看个究竟。没想到才一拨开，就有像小牛一样的东西，越过窗户飞走了。

陈华封越发地害怕，不敢再动手去拨。他正要转身离开的时候，那人已经醒了。他吃惊地说："你看到我的秘密了！把那牛瘟虫放了出去，这下子麻烦可大了。"陈华封追问他原因。

那人说："现在事情已经到了这般田地，也用不着再瞒你了。老实告诉你吧：我是六畜的瘟神。你刚刚放走的是牛瘟虫，恐怕百里方圆之内的牛，没有一头可以幸免了。"

陈华封一向是以养牛为业，听他这么一说，害怕得不得了，就请求他想办法解救。那人说："我自己都免不了要受处罚，还有什么法子解救你的牛呢？据说只有'苦参散'最有效，你把这个方子尽可能地告诉大家，千万不要存有私心。"说完，他就告辞出门了。临走的时候，他又抓了一把泥土放在墙壁上的神龛里。

他吩咐说："把这个泥土给瘟牛吃，也很有效。"说着，拱拱手就不见了。

没过多久，牛果然病了，瘟疫广泛地流行起来。陈华封这时动了私心，想利益独占，就不肯把瘟神告诉他的秘方传授给大家，只传授给他的弟弟。他的弟弟依照他的方子来试验，非常有效。

陈华封用自己磨的苦参粉来喂牛，却一点效果也没有。他养的牛总共有四十来只，都死得差不多了。剩下的四五只老母牛，也奄奄待毙，他的心里懊丧极了，一点法子也没有。

这时，他忽然记起神龛上的泥土，心想：虽然未必有效，但是试试也不妨，就把它给病牛吃了。到了夜晚，那些牛的病居然统统好了。他这才恍然大悟，药之所以不灵，原来是瘟神在惩罚他的私心。（改写自《牛癀》）

【短评】

自私是人类的大敌，尤其当自身利益与别人冲突的时候，这种卑劣的心态，表现得更为显著。陈华封由于自私自利，牺牲了别人的牛，同时也几乎丧失了自己所有的牛。在现代互助共荣的社会里，瘟神的教训，应该是每一个人要铭记在心的咧！

真假情人

海州（清州名，在今辽宁省海城市）有个叫刘子固的人，十五岁的时候，到盖平（清县名，在今辽宁省海城市西南）去探望他舅舅。

刘子固没事到街上闲逛，偶然看到杂货铺里有一个女郎，长得姣美无比，心里很是喜欢她。他悄悄地走到铺子里，假意说要买扇子，女郎见有顾客上门，便喊她的父亲出来招呼。刘子固觉得很扫兴，故意把价钱压得很低很低，使交易告吹。可是，他对女郎并不死心，等到女郎的父亲一离开，他又走过来搭讪。女郎不明就里，又要去找她的父亲。

刘子固连忙阻止说："你用不着找他，只要说个价钱，我照付就是了。"女郎这一回才知道他"不怀好意"，便故意把价钱说得高高的。刘子固不好跟她还价，付过钱就走了。

第二天，他又去买扇子，情形还是跟昨天一样。他刚离开铺子几步，女郎便追上来喊住他说："请等一下！我刚才是跟你闹着玩的，一把扇子哪里值那么多钱！"于是便把多出来的一半还给了他。

刘子固觉得女郎很诚实，非常感动。此后，一有工夫就到铺子里去买这买那的，久而久之，两人便混熟了。

女郎问刘子固的来历，他都一一的回答。刘子固反问她，她说是姓姚。这次临走的时候，女郎把他所买的东西，细心地包了起来，并且用口水把它封好。刘子固抱在怀里，感到无限的温暖。回去以后，也不敢再把它打开，惟恐把女郎舔过的地方弄坏。

这样过了半个月，他的秘密被仆人发现了，便暗中告诉他舅舅，硬是把他送了回去。他回到了家，整天无精打采的，做什么事都提不起劲来。他把从前买来的香巾、脂粉这一类的东西，偷偷地放一个小箱子里，没人的时候，就把门关起来抚摸一番，借此来排遣那相思的情怀。

第二年，刘子固又到了盖平，一卸下行装，就到女郎的杂货铺去。可是到了那儿，却见门窗紧闭，便满怀失望地回来。他还以为女郎偶然有事出去，未回来罢了。于是第二天清早，他又到铺子里去，铺子的门窗仍然像昨天一样地紧闭着。

　　他问左右的邻居，邻居们告诉他说："姚家姑娘回广宁（清府名，在今辽宁省北镇市）老家去了。小本生意，赚不到什么钱，所以暂时回去休息一阵子。临走的时候，也没说什么时候回来。"刘子固听了，难过极了，住了几天，便闷闷不乐地回家了。

　　他的母亲替他提亲，他总是推三阻四的。母亲也搞不清楚到底怎么一回事，大大地发了一顿脾气。仆人看到事情弄得很僵，便把他过去的这一段恋情告诉母亲，他母亲从此就对他加意防范，不准他再到盖平去。

　　刘子固恹恹地睡在床上，茶也不思、饭也不想，人也一天天地憔悴了。母亲忧心如焚，一时也不知如何是好。心想：与其有个三长两短，还不如顺从儿子的心愿。于是立刻吩咐仆人准备行装，送他到盖平去。同时差人带话给他舅舅，叫他去说媒提亲。

　　舅舅接受托付，便动身到姚家去。过了一个时辰，回来跟刘子固说："事情砸了！阿绣已经许配给一个广宁人了。"

　　刘子固听了，犹如晴天霹雳，满腔的热望，都化成了冰水。回家以后，每天捧着那储藏纪念品的小箱子流眼泪。有时一个人在房里踱来踱去，痴痴地想：假如天下有两个阿绣就好了。

　　这时，正好有一个媒婆到他家，说复州（清州名，在今辽宁

148

省瓦房店市）有个姓黄的女儿长得很美。据她形容，倒有几分像阿绣。刘子固怕她说的不实在，就亲自到复州走一趟。他走到复州城的西门，看到一户坐南朝北的人家，两扇院门半开半闭，里面有一个女郎，像极了阿绣。她一面向房里走，一面回头看他。刘子固留神一看，果真是她！

刘子固内心激动得不得了。但是一想，她既已许配给了别人，我也不好过分唐突。便在她的东邻租了一间房子，准备探个究竟再说。他问左右邻居，都说这一家人姓李，在这儿住很久了。刘子固左思右想：天下哪里会有这样相像的人呢？

住了几天，都没有机会和那家人接近，刘子固只好成天目不转睛地看着那家的大门，希望女郎再出来。有一天，太阳已经西沉，女郎果然出来了。她一看到刘子固，转身就走，用手指着他家的后面，又把手放在额头上，然后便进去了。刘子固高兴极了，但也不明白她的手势到底是什么意思。

他沉思了一会儿，便信步走到屋后，只见空荡荡的一个花园，满目荒凉。那花园的西边，有一堵矮墙，大约有一个人肩膀那么高。这时，他顿然明白了女郎的意思，便在杂草里蹲下来等待消息。

过了一会儿，有个人从矮墙上露出头来，压低着声音说："来了没有？"刘子固答应了一声就从草丛中站了起来，仔细一看，真的是阿绣。这时刻，他的情绪如同溃决了的堤防，眼泪像断了线似的流下来。那女郎隔着墙欠出身来，一面掏出手帕替他揩眼泪，一面温存地安慰他。

刘子固说："我想尽了方法，都不能如愿，以为这一辈子是没有指望了，哪里想到还会有今晚的聚首？可是，你怎么会到这儿来的呢？"

女郎说："李家主人，是我的表叔。"刘子固要翻过墙去。

女郎说："你先回去，把仆人打发到别处去睡，我自己会来。"刘子固于是打发走了仆人，坐在房里等候。

不一会儿，女郎便悄悄地进来了，淡妆素抹的，还是穿着往日的衣裳。刘子固牵着她坐下来，向她倾诉别后相思之苦。然后又问她："你不是已经订婚了吗？怎么还未嫁人？"

女郎说："说我受了人家的聘，是不实在的。我父亲觉得海州离我们家太远，不愿意把我嫁过去。大概要你舅舅随便编个理由，好让你死了这一条心吧？"说着，便把自己投到刘子固的怀中，深情款款，尽在不言中。到了四更天，女郎赶忙起来，翻过墙走了。从此，刘子固把跟姓黄的女郎相亲的事忘得一干二净了。

他在外面住了个把月，也不提起要回家的话。有一天夜里，他的仆人起来喂马，见到刘子固的房里灯还亮着，偷偷往里面一看，阿绣居然就在房里，他吓了一大跳，但是，一时也不敢声张。

第二天早上起来，到左邻右舍打听了一下，然后才回来问刘子固说："夜晚和少爷在一块的那个女人是谁？"刘子固起先还想隐瞒。

仆人说："这间房子冷清清的，正是鬼狐藏身的好地方，少爷

150

应该懂得照顾自己。那姚家的女郎，怎么会到这里来呢？"

刘子固这才不好意思地说："西面就是她表叔家，有什么好奇怪的？"

仆人说："小的已经打听清楚了：东边那家只有一个孤老太婆；西边那家，除夫妇两口之外，只有一个小孩子，也没有别的亲戚。少爷所遇到的，一定是鬼魅。要不然，哪里有穿了几年的衣服还不换的？而且她的脸孔比阿绣要白，下巴也瘦了一点儿，笑起来又没有酒窝，不如阿绣漂亮。"刘子固仔细回想一下，才害怕起来。

他跟仆人说："这要怎么办呢？"仆人便想了一个计策，等女郎再来，趁她不备，拿起刀来杀死她。

到了晚上，女郎又来了。她跟刘子固说："我知道你已经对我动了疑心，可是我对你也没有恶意，只是想了结我们的缘分罢了。"话还未说完，仆人便推开门冲了进来。

女郎大声呵斥道："把手里的刀丢掉！赶快拿酒来，我要跟你主人话别！"仆人自己把手里的刀丢了，就像有人夺下来似的。

刘子固看了，更加的害怕，只得壮起胆子摆好酒席。那女郎谈笑如常，对刘子固说："我明白你的心事，正想替你尽一些力，为什么要暗暗用刀棍对付我？我虽然不是阿绣，自问也不比她差，你看我不如她吗？"刘子固吓得毛发都竖了起来，大气也不敢出。

女郎听到打了三更，便拿起酒杯一饮而尽，站起来说："我这会儿就要走了，等到你花烛之夜，再来和你新娘子一比美丑！"

说着，一闪就不见了。

刘子固听信了狐狸的话，就一路到盖平来。他埋怨舅舅欺骗他，就不再住在他家里。他跟姚家住得很近，便找了个媒婆跟他一起到女家去提亲，并且用贵重的礼物去打动女家的心。

姓姚的妻子说："我家小叔在广宁给阿绣说了一门亲事，因此，她父亲带着她一块儿去了，成不成还不晓得，等他们回来再说好了。"刘子固听了，一时六神无主，焦急得不得了。只有苦苦地留在那儿，等他们回来。

过了十几天，忽然听到打仗的消息，起先还以为是谣言。几天过后，情势越来越吃紧，这才整理好行装回家。没想到走到半路，就遇到乱兵，主仆二人便失散了，刘子固被放哨的给捉了去。由于刘子固很文弱，那些乱兵对他也不加意防范，他便偷了一匹马逃走了。

他逃到了海州边界，看到一个女郎，蓬头垢面，步履蹒跚，好像已经走不动了。刘子固经过她的身旁，那女郎忽然喊道："骑在马上的不是刘郎吗？"

刘子固勒住马一看，原来是阿绣。可是他仍然疑心她是狐狸，便说："你是真阿绣？还是假阿绣？"女郎觉得他问得好奇怪。刘子固便把他遇到的事说了。

女郎说："我可是真阿绣。父亲带着我从广宁回来，遇到乱兵，被捉了去。他们交给我一匹马，我每次都从马上掉下来。忽然来了一个女子，抓住我的手就飞快地逃跑，在军队之中乱窜，也没有人盘问她。那女子走得好快，我简直没有法子跟上。走上百把步，鞋子就要掉好几次。过了一阵子，听到人马的声音渐渐远了，才放开我的手说：'再见！前面都是宽坦的路，可以慢点儿走，爱你的人马上就到，你可以跟他一起回去。'"

刘子固知道阿绣所提到的女子就是狐狸，心里委实感激她，于是就把自己留在盖平的原因告诉了阿绣。女郎说，她叔叔替她选了一个姓方的人家，男方还未下聘就发生了兵乱。刘子固这才知道舅舅没有骗他。于是他把阿绣抱上了马，一同骑着回家。

他们到家以后，发现母亲平安无事，高兴得不得了。刘子固拴好了马进去，把这些日子所遇到的事原原本本地说了一遍。他母亲也很快慰，便招呼阿绣洗沐，阿绣打扮完毕，又恢复从前光艳的风采。母亲越发高兴地说："好个丽人儿！难怪我这痴情儿子做梦都忘不掉你！"于是就预备被褥，叫她跟自己睡，又派人送信到盖平的姚家去。过了几天，姚家夫妇一起来了，选了个黄道吉日，给女儿完成了嘉礼才走。

刘子固拿出以前藏纪念品的小箱子，发现封记还是好端端的，其中有一盒粉，打开一看，居然变成了红土。正感到奇怪，只见女郎捂着嘴笑道："年前的骗局，现在才被发现！那时看到你不管货色的真假，都随我包装，所以我就包了这块泥土跟你开开玩笑！"

小两口正在说笑，忽然看见一个人掀开帘子进来，嚷着说："你们两口子倒是快活！总该谢谢媒人吧？"

刘子固一看，居然又来了一个阿绣！他赶快喊母亲来。母亲和家人统统聚拢过来，竟没有一个人能分辨谁是真的阿绣。就是刘子固自己，转一个头以后，也分不清真假！他仔细瞧了很久，才认出那个假阿绣，并且向她作揖道谢。那个女郎要个镜子照了一番，羞红着脸跑走了，再找她已经不见了踪影。

有一天晚上，刘子固喝醉酒回来，房里光线很暗，一个人也没有，正要把灯挑亮一点，阿绣来了。

刘子固拉着她问："你到哪里去了？"

阿绣笑着说："一股酒臭，真叫人受不了！像你这个样子盘问，难道我跟人家幽会去了不成？"

刘子固笑着捧起她的脸来亲了一下。女郎说："你看我跟那狐狸姐姐比起来，哪个漂亮？"

刘子固说："你当然比她漂亮些，可是粗枝大叶的人还是分不出来。"

说着，便有一个人来敲门，女郎站起身来说："你也是个粗枝大叶的人啊！"

刘子固不明白她的意思，赶忙跑过去开门，来人居然是阿绣！他吃了一惊，这才恍然大悟，在屋里跟他说笑的，原来是假阿绣！（改写自《阿绣》）

【短评】

这是一篇情节动人的小说。对于初恋男女的心理，狐女好胜的性格，都有深刻的描写。所谓"有情人终成眷属"，该是那个时代青年男女的共同热望吧！

张鸿渐的遭遇

张鸿渐，永平府（清代属直隶省，府治在今河北省卢龙县）人，十八岁，是地方上的名士。

当时卢龙县的赵知县，贪污暴虐，百姓们饱受他的迫害。有一位姓范的秀才，因为不小心开罪了他，竟被活活打死。这样一来，范秀才的同学们便动了公愤，准备到省里去为他申冤。

张鸿渐的文笔一向不错，同学们就推他出来写状子，并且要他也参加一份。张鸿渐未假思索，便一口答应了。

张鸿渐的妻子方氏，美丽而且贤淑，听到了这个计划，就劝张鸿渐说："大凡秀才们做事情，成功了便好，失败了就糟了。因为事情办成功了，大家只争争功劳而已，并不碍事。可是一旦办砸了，便一哄而散，再也合不拢来。如今的世界，讲的是势力，谁跟你讲什么是非曲直？再说你也没有什么靠山，要是搞出纰漏来，谁会帮你的忙呢？"张鸿渐听了她的话，觉得非常有道理，心里就后悔起来，便委婉地向同学们推掉了参加告状的事，但却答应替他们写状子。

状子呈了上去，上级审问了一次，还没有裁定。赵知县听到了风声，立刻送了一大笔钱给一个有影响力的大官，那些秀才便被安上一个"结党造反"的罪名抓了起来，并且进一步地追查代写状子的人。张鸿渐一看情况不妙，就仓皇地逃走了。

他逃到了凤翔县（今陕西省凤翔县）界，盘缠都用光了。那时，太阳已经下山，他独自一个人在郊外乱闯，找不到歇脚的地方。忽然，他看到远处有一个小村子，便放快了脚步往前走去。

村子里有一个老太婆，刚好出来关门，看见了张鸿渐，就问他要干什么，张鸿渐老老实实地说了。老太婆说："在这里吃住，本算不了什么。倒是家里没男人，不大方便留客。"

张鸿渐说："说实在话，我也不敢有什么奢求，只求您让我在门里搭个草铺，能避避虎狼就行了。"老太婆便叫他进来，把门关上，交给他一个草垫子。吩咐他说："我可怜你没有地方投宿，才自作主张让你在这儿过夜，明天你要趁早离开，免得我们家大小姐知道了，会怪罪下来。"

老太婆走了以后，张鸿渐便靠在墙上休息。忽然他看见有一盏灯笼闪着光亮，那老太婆已经领着一个女郎走了出来。张鸿渐连忙躲到暗处，偷偷看去，原来是一位二十来岁的绝色女子。她走到门口，发现草垫子，追问老太婆是怎么回事，老太婆照实说了。

那女郎生气地说："我们统统都是弱女子，怎么可以把陌生人留在家里？"接着又问老太婆："人到哪儿去了？"

张鸿渐很害怕，连忙走出来跪在台阶底下。女郎问过了他的姓名、家世，脸色才缓和了一点，说道："幸亏你是个风雅的读书人，留下来过夜也不妨。可是我这老家人也不先跟我说一声，像这样马马虎虎的，哪里是待客之道呢！"说着，就叫老太婆领着客人到房间里去。

过了一会儿，老太婆备好了精美净洁的酒饭，请张鸿渐吃，接着又替他铺好床铺。张鸿渐非常感激，便偷偷地向老太婆打听她家主人的姓氏。

老太婆说："我们主人家姓施。老爷子跟老夫人都过世了，只留下了三位小姐。你刚才见到的就是大小姐舜华。"

老太婆走后，张鸿渐看到桌子上有一本《南华经》的注解，于是便拿到枕边来，伏在床上翻看。忽然，舜华推开门进来了。张鸿渐连忙丢下书本，找衣服鞋帽，预备起来迎接。舜华走到床前阻止他说："用不着，用不着！"于是就靠着床边坐下来。

舜华羞答答地说："我因为你是风流才子，想要把这一家子托付给你，才不避瓜田李下的嫌疑，你该不会瞧不起我吧？"

张鸿渐被她这突如其来的话语，弄得一时不知所措，只好老实地告诉她，家中已经有了妻室。

舜华笑着说："从这里也可看出你的诚实，但这并不打紧。你既然没有嫌弃我的意思，明天就找个媒人来好了。"说完，便起身走了。

她临走的时候，送给张鸿渐一点儿钱，并且关照他说："你拿这些钱去作为游逛的费用，到了晚上，要晚一点儿回来，怕被别人撞见了不太好。"张鸿渐照着她的话做，每天早出晚归，这样子有半年之久。

有一天，回来得早了一点儿，到了那个地方，竟然连一房一舍都看不到，他感到非常惊讶。正在徘徊的当儿，忽然听到老太婆的声音说："怎么这样早就回来？"一转眼之间，院落又出现了，而自己居然已在屋中。

张鸿渐越发地感到奇怪。这时，舜华从里面走了出来，笑着说："你疑心我了吧？我老实告诉你好了：我是狐仙，跟你有前世的缘分。如果你一定要怪罪我，我们就此分手好了。"张鸿渐贪恋她的美色，也就没有表示什么。

夜晚，他跟舜华说："你既然是仙人，千里以外的地方，应该是片刻的工夫就可到达。我离家已经三年，心里一直挂念着家乡的老婆和孩子，你能带我回去看看吗？"

舜华听了，似乎不太高兴，说道："就夫妻感情来说，我自认待你不薄。你身子守着我，心却想着你的老婆，那么你平常对我的温柔体贴，都是装出来的！"

张鸿渐抱歉地说："你怎么说这种话呢？常言道：'一日夫妻，百日恩义。'假如有一天，我回到了家乡，还不是跟现在我怀念她一样地怀念你？要是我得到了新人，就忘了旧人，还值得你对我这样好吗？"

舜华这才笑着说："这是我的小心眼儿：对于我，希望你永远不要忘记；对于别人，总是希望你忘得越干净越好！你既然想回去一下，这又有什么难的？你家对我来说，只不过几步路罢了。"

于是便抓着他的衣袖出门。

张鸿渐见到路上很黑，有一点儿害怕，不敢向前走。舜华拉了他就跑，没有多久，就停下来说："到了。你自己回家好了，我要走了。"

张鸿渐稳住脚跟，仔细一看，果然是自己的家。他从矮墙上翻了进去，看见室内的灯火还亮着。他走过去用两个指头敲敲门。里面的人问道："谁呀？"张鸿渐便把他回来的经过说了一遍。里面的人这才持着蜡烛出来开门。

张鸿渐一看，果真是他的妻子方氏。夫妻两人真是又惊又喜，手拉着手进到房里，张鸿渐看见儿子睡在床上，感伤地说："我离家的时候，孩子才到我的膝头，现在已经这么高了！"夫妇两人相互依偎着，几乎不敢相信，眼前的重聚会是事实。

张鸿渐把他这些年的遭遇说了一遍，又问起那件案子，才知道那些秀才，有的在大牢里病死了，有的被充军了，越发佩服妻子的先见之明。

方氏把身体投到他的怀里，嘟起嘴巴说："你有了漂亮的情妇，就不再想念我这独守空闺、终日以泪洗面的黄脸婆了！"

张鸿渐说："不想念你，我怎么会回来？我跟她虽然感情很好，可是她终究不是人呀！只是她的恩情，我很难忘记罢了。"

方氏说："你以为我是谁？"张鸿渐仔细一看，居然不是方氏，而是舜华。用手去摸摸儿子，原来是一具竹夫人罢了。他一时尴尬得说不出话来。

舜华说:"你的这颗心,我已经看透了!我们的缘分也到此为止了。幸好你还未忘掉我的恩情,勉强可以抵过!"

过了两三天,舜华忽然说:"我想通了,痴痴地守着你的身子,究竟没有什么意思。你天天埋怨我不送你回去,今天我正要到京城去,可以顺便带你一起走。"于是从床头拿了一具竹夫人,两人一起骑着,舜华叫他把两眼闭起来。张鸿渐觉得离开地面并不太高,耳边响着飕飕的风声。过了一阵子,便降到地面上来。

舜华说:"现在我们就要分手了。"张鸿渐正要跟她约定下次见面的时间,舜华已没了踪影。

张鸿渐若有所失地站了一会儿,听到村子里的狗汪汪地吠着,在苍茫的暮色里,见到的树木房舍,全是故乡的景物,他沿着从前所熟悉的小路走回去。他翻过墙,敲敲门,就跟上一次"回来"时一样。

方氏很惊讶地起来,起初还不相信是丈夫回来了,后来经过盘问证实,才把灯挑亮,哭哭啼啼地走出来。两人见面以后,哭得抬不起头来。这时,张鸿渐还以为是舜华在玩戏法,又看到床上有一个小孩,跟那天晚上的情景一样,越发地起疑,便笑着说:"又把这竹夫人拿到床上来做什么?"

方氏被他弄得莫名其妙,生气地说:"我盼望你回来,过一天就像过一年那么久!枕头上的泪渍还未干呢!刚一见面,居然没有一点儿伤心和怜悯的意思,你真是太没良心了!"张鸿渐发现她的表情,似乎没有一点儿做作,这才相信确实回到了家里。他抓住了方氏的臂膀，不禁感伤起来，并且把刚才的情况原原本本地解释一遍。问起讼案审理的情形，方氏的回答跟舜华所说的完全一样。

夫妻两人正在感慨，听到了门外有脚步声，问来人是谁，居然没有人答应。原来村子里有个不良少年，看到方氏长得漂亮，已经打了很久的主意。那天从别的村子回来，远远看见一个人从墙上翻过去，以为一定是去跟方氏幽会的野男人，便跟了进去。那不良少年本来就不大认识张鸿渐，所以便伏在墙外偷听房里的动静。

后来，方氏一再问来人是谁？那不良少年才说："你先说在房里的是什么人？"

方氏隐瞒他说："哪里有什么人呢？"

那不良少年说："我已经偷听好久了，我可是来捉奸的呀！"方氏不得已，便把实情告诉他。

想不到那不良少年听了之后，竟大声嚷着说："那张鸿渐结众造反的案子还未撤销，纵然是回家了，也应该把他绑起来送到官府去。"方氏又苦苦地哀求他。

那不良少年抓到了把柄，嘴里便越来越不干净。张鸿渐满腔的怒火再也压制不住了，拿起刀来冲了出去，对准那不良少年的脑袋瓜子就是一刀。那不良少年倒在地上直叫，他又一连补上了几刀。

方氏说："事情已经到了这般田地，你的罪就更重了。你赶快逃走，杀人的责任由我来承担。"

张鸿渐说："男子汉死何足惜！哪里有使妻子受辱、孩子受累，自求活命的道理！你不必顾虑太多，只要叫这孩子好好读书，力求上进，我就是死也瞑目了。"天亮以后，就提着刀到县衙门里自首了。

赵知县因为他和结党造反的案子有关，是朝廷的要犯，只轻轻地惩罚了一下，便把他送到永平府里，再解押到京城去。张鸿渐被加上脚镣手铐，一路上吃尽了苦头。

有一天，在解送途中，遇到一个女郎骑马经过，一个老太婆替她牵着缰绳，张鸿渐一看，原来是舜华。他喊着老太婆，要跟她说话，才一开口，眼泪就随着声音掉了下来。

舜华掉转马头，揭开了面纱，故作惊讶的表情说："我道是谁呢？原来是表哥！怎么到这里来的呢？"张鸿渐便跟她说了一个大概。

舜华说："照你平常对我那个样子，我是应该掉头不管的，可是我毕竟不忍心，寒舍就在前面，可以请两位差爷一起过来歇歇，我也好送他们一点儿路费。"

他们跟着走了两三里路，见到了一个山村，楼阁高大而齐整。舜华从马上下来，叫老太婆打开大门请客人进去。

不久，端上美味可口的酒菜，好像事先就准备好了似的。又叫老太婆出来说："因为家中没有男人，请张先生代劝差爷多喝两杯，以后还要麻烦他们多多照顾呢！这会儿我家主人已经叫人去筹措几十两银子，好送给您作路费，同时用来孝敬二位差爷，一刻还未回来。"两个差役听说有银子可拿，心里暗暗高兴，开怀畅饮，也不再催着赶路。

到了黄昏，两个差役统统醉了。这时，舜华走了出来，用手指一指张鸿渐身上的脚镣手铐，那脚镣手铐立刻脱了下来。于是她拉着张鸿渐一起上马，只奔驰了一会儿，就对他说道："你在这里下来吧！我跟妹妹约好了在青海见面，又为了你的事，耽搁了半天，她一定等得不耐烦了。"

张鸿渐问道："那我们什么时候再见面呢？"舜华没有回答他。他又问，便被推下了马。到天亮以后，向人一打听，原来已经到了太原。于是他就在府城里租了一间房子教起学生来，并且化名为宫子迁。

他在太原住了十年，打听一下，追捕他的风声已经没有从前那么紧了，便又一程一程地往东边走。他走到了村子口，不敢马上进去，等到夜深人静的时候，才偷偷地溜了进去。到了自家门口，墙已经筑高了，没法子再翻过去，只好用鞭子敲门。过了一会儿，妻子才出来问是谁？张鸿渐小声地告诉了她。

方氏高兴极了，便放他进去，又故意呵斥道："这傻孩子！在京城里没有钱用，就应该早点回来！三更半夜的，派你来做什么？"进入室内之后，各自把近况说了一遍，才知道那两个差人还流亡在外，没有回来。

正在说话的时候，帘子外一个少妇突然进来，张鸿渐问她是谁？

方氏说："她是你儿媳妇呀！"

张鸿渐又问："儿子呢？"

方氏说："到京城应试去了，还未回来呢？"

张鸿渐感伤地说："在外流浪了好多年，儿子居然已经成人了，想不到他真能读书上进，你的心血可以说是耗尽了。"话还未说完，媳妇已经热好了酒，烧好了饭菜，把整个桌子都摆满了，张鸿渐欣慰极了。

张鸿渐在家里住了几天，始终躲在房里，惟恐被别人知道。

有一夜，方氏刚躺到床上，忽然听到人声嘈杂，并且有人急迫地打着大门。她害怕极了，马上从床上跳了下来。她听到有个人说："他家有没有后门？"心里就更加的害怕，赶忙用门板子搭在墙上，把张鸿渐送了出去，然后才到门口去问发生了什么事情。一问之下，原来是儿子已经考上了举人，他们是来报喜的。方氏高兴极了，深深懊悔未弄清事情的真相，就叫丈夫逃走，想要追他回来，已经来不及了。

那天夜晚，张鸿渐落荒而逃，在野地里乱跑，到了天亮，已经疲困到了极点。本来他是预备向西面逃的，问问路上的人，居然离通往京城的大路不远了。于是他便往乡下走，打算把衣服当了，弄几个钱来吃饭。

他看见一个大户人家，有一张报喜的红纸贴在墙壁上，走近一看，才知道这是姓许的人家，有人刚考上举人。不久，有个老先生从里面走出来，张鸿渐走上前去作揖，并且把自己的困难说了一遍。老先生见他一派斯文，知道他不是骗吃骗喝的无赖，就请他进去，热忱地招待他，并且问他打算到哪儿去。

张鸿渐撒谎说，他原住在京城里教书，在回家的路上遇到了盗匪。老先生便把他留下来教小儿子读书。张鸿渐问他的家世，原来是一位朝廷的大官，现在已经退隐在家。新中的许举人，是他的侄儿。

过了个把月，许举人和一位跟他同榜的朋友回来了。那位举人十八九岁，姓张，也是永平府人。

张鸿渐因为这位举人和自己既同乡又同姓，心里便怀疑他就是自己的儿子。可是一想，乡里姓张的毕竟不少，为免闹笑话，还是暂时不作声的好。

到了晚上，那位举人脱下衣服要上床睡觉，露出了记载新举人姓名、家世的名册，张鸿渐赶忙借过来一看，那位举人果真是他儿子，眼泪不知不觉地流了下来。大家看见他这样，都很惊讶，一起过来问他原因。

张鸿渐指着册子上的一个姓名说："张鸿渐就是我啊！"他详细地说明了自己流亡的经过，张举人抱着父亲大哭。后来经过许家叔侄一再的劝慰，才转悲为喜。

许老先生立刻送了一笔礼物给各有关部门的首长，并且附上了自己的亲笔信，要他们撤销对张鸿渐的通缉。这样一来，张鸿渐才能和儿子一同回家。

方氏自从得到儿子的捷报以后，每天都为张鸿渐的流亡感到难过，听说儿子回来，就越发地悲痛。不久，张鸿渐父子一同进来了，方氏觉得非常意外，问明了原因，一家人真是又悲伤又高兴。

那不良少年的父亲，见到张鸿渐的儿子已经腾达了，便不敢再动报复的念头。张鸿渐也就越发地对他好，又详细地把当年的情形说了一遍，那人也深深地为自己没有教好儿子而惭愧。从此，两人变成了很要好的朋友。（改写自《张鸿渐》）

【短评】

人的一生，会遭遇到一连串的磨难。固然有些是无可避免的，但是有些却是自己造成的。张鸿渐的三次逃亡，就是他遇事轻率、激动、慌张所付出的代价。冷静和理智，该是我们处世应有的态度吧！

化 狐

金陵有个卖酒的，每次酿好酒，下水的时候，都要加些有毒的醉剂，就是酒量再好的人，喝不到几杯也会烂醉如泥。因此，远近的人都知道他家能酿好酒，生意也就一天天地兴隆起来，赚了很多很多的钱。

有一天清晨，卖酒的看到一只狐狸醉倒在酒槽的旁边，便把它的四条腿绑了起来。正要找刀来杀，狐狸已经醒了。狐狸苦苦地向他哀求说："只要不杀我，你要求什么，我都答应！"卖酒的见它如此说，便放了它。一转眼之间，它已变成了一个人。

那时巷子里有个姓孙的人家，大媳妇被狐狸精迷着了，卖酒的问狐狸，是不是它干的，狐狸坦白地承认了。卖酒的见那姓孙的小媳妇长得貌美如花，早已动了染指的心，就要狐狸带他一块儿去。狐狸因为小媳妇很贤淑，不忍加害，觉得十分为难。可是卖酒的却一定要它履行先前的诺言。

狐狸没法子，就带卖酒的到一个洞里，拿出一件粗布的衣服给他，并且跟卖酒的说："这是先兄留下来的，你穿上就可以到孙家去了。"卖酒的穿上衣服回去，家里的人都看不见他，换上了普通的衣服，才显现出形体。卖酒的高兴极了，就跟狐狸一同到孙家去。

他们到了孙家，看见墙上贴了一张大符，那笔画弯弯转转的像一条盘曲的巨龙。狐狸一见，拔脚就跑，口里嚷道："这和尚太厉害了，你自己去吧！"

卖酒的缩手缩脚地走到跟前一看，果然看见一条真龙盘旋在孙家的墙上，昂着头像是要飞的样子。这下子卖酒的可吓得魂不附体，飞也似的逃了回来。原来，姓孙的请了一位远方来的和尚，替他家大媳妇驱邪，先把符交给了孙家主人带回来，自己随后就到。

第二天，和尚到了，便在孙家设了一个坛，作起法来。

邻里的人都来看热闹，卖酒的也混在人群里面。忽然，卖酒的脸色大变，拔脚飞奔，那样子就像是要被捉一样。刚逃到门外，就倒在地上化成一只狐狸，身上还穿着人的衣服呢！

众人准备把他杀了，可是经过他的老婆和孩子一再叩头哀求，和尚动了慈悲之心，便叫他们牵了回去。他家里的人每天都喂他饮食，过了几个月便死了。（改写自《金陵乙》）

【短评】

有的人衣冠楚楚，可是他的行径却连禽兽都不如。在这个故事里，作者借着那个远方来的和尚，揭穿了那些伪劣人物的真相。卖酒的具有禽兽的心肠，和尚还给他一个禽兽的面目，这不是很公道吗？

贾奉雉成仙

贾奉雉是平凉（今甘肃平凉市，清朝为平凉府治）城的一位才子，文章写得非常好，在当时没有人比得上他。可是他参加科举考试，却每次都落榜。

有一天，他在路上遇到一位秀才，那人自称姓郎，举止潇洒，议论也很精辟，于是就邀请他一起回家，拿出应考的文章来向他请教。

郎秀才看完他的作品，并不太称许，只是淡淡地说："足下的文章，参加小的考试，弄个第一名是够格了；但是参加大的考试就不同了，连个榜尾都挂不上。"

贾奉雉听了有点不是味道，就问："这话怎么讲？"

郎秀才说："天下的事，如果陈义太高，就很难如愿；要是能顺人从俗，那就容易多了。这个道理何须我多说呢？"于是郎秀才列举了一两个人的作品为标准，这些作品都是贾奉雉看不上眼的。

贾奉雉说："读书人写文章，应该追求它永恒的价值，尽量求好。像你选的这些文章，就是靠它猎取了功名，做了中央大员，风格也不会高到哪里去。"

郎秀才说："话不是这样讲。文章虽然做得好，可是如果没有地位，还是传不下去。你如果想抱着作品默默无闻地过一辈子，那当然可以。要不然，那些主考官都是靠着这种狗屁文章出身的，恐怕不会为老兄的大作而另换一双眼睛、一个脑袋吧？"贾奉雉听了，一语不发。

郎秀才站起来说："所谓少年气盛，也难怪你听不进去！"于是拍拍屁股走了。

这年秋天，贾奉雉又落了榜，每天闷闷不乐，突然想起郎秀才的话，便把他从前介绍过的范文，勉强地拿来念。还未念完一篇，就昏昏沉沉地想睡觉，内心彷徨极了，没有法子镇定下来。

又过了三年，考试的日期快到了，郎秀才忽然来到，大家高高兴兴地见了面。郎秀才拿出七道模拟试题，要贾奉雉练习。隔了一天，郎秀才把贾奉雉的作品要过来看，觉得很不满意，于是又要他重作，作好了，郎秀才又着实地批评了一顿。

贾奉雉一气之下，索性跟郎秀才开个玩笑，从落榜的卷子里找些繁冗浮泛、不敢给别人看的句子，拼凑起来，等郎秀才来了拿给他看。哪想到郎秀才看了，居然高兴地说："这下子行了！"于是叫贾奉雉把内容牢牢记住，不要忘记。

贾奉雉笑着说："不瞒您说，这些话都不是出自我的肺腑，一眨眼的工夫我就会忘得一干二净，就是用鞭子拼命地抽我，我也记不得一个字。"

郎秀才坐在桌子旁，强迫他再念一遍，又叫他脱下上衣，在他背上画了个符才走。

郎秀才说："这样子就够了，其他的经、史、子、集都可以不必看了。"贾奉雉看看他画的符，居然深入肌肤，洗也洗不掉。

贾奉雉进了考场，看见主考官出的题目竟然和郎秀才七个模拟试题完全一样。回想他以前的一些作品，没有一篇是记得的，只有那些开玩笑时拼凑起来的文字，还清清楚楚地留在脑海中。可是握起笔来写，始终觉得很可耻；想要改动一两个字，纵然是挖空脑子，也想不出来。眼看太阳已经西沉，交卷时间快要到了，只好把那些拼凑的东西一字不漏地抄上去。

出了试场，郎秀才已经等候很久了。贾奉雉把试场中的情况原原本本地说了一遍，要求郎秀才把背上的符擦掉；仔细一看，那道符已经不见了。再回忆一下考场中写的东西，竟像是前辈子

170

写的一样。

贾奉雉惊奇得不得了，于是问郎秀才为什么不用这套法术给自己弄个出身。

郎秀才笑道："我从来没有这样的念头，所以能不读这样的文章。"于是两人约定明天到郎秀才家里去。

郎秀才走后，贾奉雉拿起稿子看，觉得句句都言不由衷，心里很不舒服。第二天也就不再去看郎秀才。

不久，发榜了，贾奉雉居然高中榜首。他再把旧稿拿出来看，读了一阵子，就冒一阵子汗。整个读完，汗水已湿透了两层衣服。

贾奉雉自言自语地说："这种文章一公开，我还有什么面目见天下的读书人呢？"正在自惭自责的当儿，郎秀才忽然来了。

郎秀才说："你希望考上，现在已经考上了，为什么还闷闷不乐呢？"

贾奉雉说："我刚才也想了一会儿，用金盆玉碗来盛狗屎，真没有面子去见我的朋友。我准备逃到山里去，永远不要再回到这世上来。"

郎秀才说："这样做也过分了一点，恐怕不是你办得到的。你果能如此，我可以引你去见一个人，他能使你长生不老。到那时候，就连千秋之名，你都不会留恋，何况这偶然得来的富贵呢？"贾奉雉很高兴，就留郎秀才住下来。并且告诉郎秀才，他有意考虑这个问题。

到了天亮，贾奉雉跟郎秀才说："我已经拿定主意了。"也不与妻子话别,便悄悄地跟郎秀才走了。

他们进入一座深山,到了一个洞府,洞中别有天地。有一个老先生坐在堂上,郎秀才叫贾奉雉拜见他,称他为师父。

老先生说:"怎么来得这么早?"

郎秀才说:"这个人求道的意念很坚定,请师父收留。"

老先生对贾奉雉说:"你既然来了,必须把你的一身置于度外,这样才能求得道法。"贾奉雉满口答应。

郎秀才把贾奉雉送到一个院子里,安顿了他住宿的地方,又送给他一些吃的喝的才离开。房间非常精致雅洁,但是门却没有板,窗也没有棂,房里只有一几一榻。贾奉雉脱了鞋子上床,月光已经照射进来了。他觉得肚子有点儿饿,就随手拿些东西吃,那些东西香甜可口,只消吃一点儿就饱了。

他本以为郎秀才会再来的,哪想到坐了很久,还是没有一点儿动静。只觉得满室清香,自己的五脏六腑仿佛透明了似的,血脉筋络都可以数得一清二楚。

忽然听到一声尖叫,像是猫儿在抓痒。从窗口向外一看,原来是一只老虎蹲在屋檐下。贾奉雉突然见到老虎,非常害怕,但是一想起师父说过的话,就又收敛起涣散的精神,端端正正地坐着。老虎好像知道房里有人,不久便走近床榻,气咻咻地,嗅遍了贾奉雉的腿和脚。不久,听到院中有骚动的声音,好像鸡被绑起来一般,老虎便很快地跑出去了。

又坐了一会儿,一个美丽的女人进来了,身上散发着诱人的香气，悄悄地爬上了床榻，挨着贾奉雉的耳边说："我来了。"才一说话，口齿间就散发出像兰花一样的幽香。

贾奉雉仍然闭着眼睛，没有一点反应。那女人又低声说："该睡了吧！"声音很像是他的妻子，这时心里稍稍被激起了一点涟漪。

转念之间，贾奉雉又想道："这可能又是师父试探我的幻术。"仍然一动也不动地闭着眼睛。

那个美人于是又说了一些贾奉雉夫妻间常说的话，贾奉雉听了，不觉心头大动。张开眼睛一看，果真是他的妻子。贾奉雉问他妻子是怎么来的，妻子回答说："郎先生怕你寂寞，想回家，叫一个老太婆引我来的。"言谈之间，对于贾奉雉的不告而别，很是埋怨。

贾奉雉安慰她许久，她才转怒为喜。夫妻便谈天说地，一直依偎到天亮。忽然听到那老先生在骂人，声音渐渐接近庭院。贾奉雉的妻子赶快从床榻上跳下来，看看也没有什么地方躲藏，就翻过矮墙逃走了。

不久，郎秀才跟着老先生进来，老先生当着贾奉雉的面把郎秀才打了几棍子，并且叫郎秀才立刻把贾奉雉赶走。郎秀才领着贾奉雉也从矮墙翻了过去，并且把回去的路告诉他。

贾奉雉从山上往下看，可以清清楚楚地看到自己所住的村庄。心想：妻子走得慢，一定还停留在路上，于是便放快了脚步。

走了一里多路，已经到达家门，只见房屋零零落落的，面目完全不同了。村子里的老老小小，没有一个是认识的。他觉得诧异极了，也不敢回到自己的家里去，就在对门坐下来休息。

过了一阵子，有一个老头子拄着拐杖出来，贾奉雉走上前去作了一个揖，问道："贾家在哪里？"

老头子指着那房子说："这就是呀！你是不是想打听这里发生的怪事？这个我可是一清二楚的。据说从前那位贾奉雉先生，一听说考上了进士，便悄悄逃走了。那时候，他的儿子才七八岁。又过了十四五年，贾先生的太太忽然大睡不醒。儿子在世的时候，一遇到天气转热转凉，都要替她换衣服。儿子死后，两个孙子穷下去了，房子也破败了，只能用木头撑着，上面盖点茅草遮蔽风雨。一个多月前，贾先生的太太忽然醒了，掐指一算，已经睡了一百多年。远近的人听到这件怪事，都来探看，直到这几天，人才少了一些。"

贾奉雉听了，恍然大悟地说："老先生，您不知道我正是贾奉雉啊！"

那老头一听，吓了一跳，赶快跑去通报贾奉雉的家人。

当时，贾奉雉的长孙已经过世。次孙贾祥，也已经五十多岁。因为贾奉雉看起来年纪很轻，也不敢贸然相认。过了一会儿，老夫人出来了，才认出他果然是贾奉雉。两人泪眼相看，不禁悲从中来。

贾奉雉没有房子可住，只好暂住在孙子家里。那大大小小、男男女女，挤在他身边的，都是他的曾孙和玄孙，多半粗鄙而没有知识。长孙媳妇吴氏，打了点酒，预备了些粗茶淡饭招待他。又叫小儿子夫妇和自己同住一房，整理好房间给祖公、祖婆住。

贾奉雉走进房间，满屋子都是烟尘和小孩的尿，各种气味熏得人作呕。过了几天，恼恨得不得了，实在没法子再待下去了。

两个孙子家轮流供他们吃喝：那长孙媳妇吴氏是读书人家的女儿，还懂得一点做女人家的道理，对他们老夫妇一直很孝敬。至于那次孙贾祥就不一样了，他们供应的食物一天比一天少，有时候送东西来，还粗声粗气的，一点礼貌都没有。贾奉雉气坏了，索性把妻子带走，到东村教书去了。

贾奉雉经常跟妻子说："这一次回来，我真后悔，可是已经来不及了。现在日子这样难以打发，只好再搞我那老一套了，只要我不存羞耻心，大富大贵是不难求得的。"

过了一年多，吴氏还常常送东西来，而贾祥父子连人影都看不到了。

这一年，他又考上了秀才，县太爷很赏识他的文章，厚厚地送他一笔钱财，日子比从前稍微好过些。这时候，贾祥也渐渐来走动了。贾奉雉把他叫来，算一算从前他们夫妇的耗费，悉数还给了他。之后，买了栋新房子，叫吴氏母子搬来一起住。

贾奉雉从山中回来以后，脑筋更加清楚了。没有多久，又考上进士。又过几年，便以侍御史的身份巡视两浙地方，名声非常显赫，家中阔绰豪华，远近的人无不称羡。

贾奉雉做人很耿直，即使对于有权有势的人也不假以辞色，于是朝廷里一些腐败的官僚，便想恶意中伤他。贾奉雉屡次上疏请求退休，都未蒙皇上赐准，不久，大祸便临头了。

原来，贾祥的六个儿子都是不务正业的家伙。贾奉雉虽然把他们赶走，不准他们再上门，可是他们还是偷偷地仗着贾奉雉的权势胡来乱搞，经常霸占人家的土地房舍，乡里的人头痛极了。

有一个乡下的人，娶了一房新媳妇，贾祥的二儿子便把她夺过来做小老婆。这个乡下人本来就不好惹，加上乡里的人被欺压久了，动了公愤，纷纷捐钱帮助那乡下人打官司。

这件事传到京师，那些当权的大官便弹劾他。贾奉雉没有法子表白自己的无辜，便被撤职拿问了。

过了一年，贾祥和他的儿子都病死在狱中，贾奉雉被判充军辽阳（今辽宁省辽阳市，清初属辽阳府）。贾奉雉把一些琐事托给长孙媳妇的儿子贾杲，带着一个男仆和一个女仆上路了。

贾奉雉慨叹地说："十多年的富贵，还赶不上一个梦的长久！现在才知道荣华富贵的生活，就是地狱的境界，比起入山求道的人，反而多制造了一层罪孽！"

过了几天，到了一个海边，远远见一条大船驶来，乐声悠扬，随从的人都像是天上的神仙。船渐渐地靠近了，船上走出一个人来，笑着请贾奉雉过船休息一下。贾奉雉见了非常高兴，纵身一跃，便上了船，那些解差也不敢阻拦。

贾奉雉的妻子急忙想跟上去，可是船已经驶远了，一气之下，便跳进海里。在水里漂浮了一程，只见有一个人抛下了一条白色

176

的丝绳，把她给拉上了船。解差叫船夫划着船，一边追赶，一边呼叫，可是听到的只是如雷的鼓声和澎湃的海涛声。一眨眼的工夫，船已看不到了。

那个带走贾奉雉的人，就是郎秀才。（改写自《贾奉雉》）

【短评】

这一篇小说，表达了作者对于科举制度的嘲讽和厌弃。在那种制度下，所造就出来的都是些没有识见的读书人，他们一旦做了官，百姓只有受害的分儿。所以作者借着贾奉雉的口吻慨叹地说："那荣华富贵的生活，就是地狱的境界，比起入山求道的人，反而多制造了一层罪孽。"

黑色的指印

瑞云是杭州的名妓，她的姿色和才艺都没有人比得上。十四岁那年，她的鸨母蔡妈妈就要她接待客人。

瑞云央求着说："这是我另一段生活的开始，不好太草率。身价由您决定，可是客人要由我自己来选择。"鸨母答应了，于是订下十五两银子的身价。

瑞云从此开始接见客人。凡是来见她的客人，都带着礼物，礼物厚重的，瑞云就陪他下一局棋，或赠送他一幅画；礼物薄的，只留他喝一杯茶就打发走。

她的名声早已传遍各地，自从接待客人以后，许多富商和贵族子弟都纷纷上门来找她。

余杭县（今浙江杭州市余杭区，清属杭州府）有个姓贺的书生，颇有才子的名气，但家道只是小康而已。他一向仰慕瑞云，原来不敢存有得到她的梦想，但也竭力筹措一笔像样的礼金，希望能够借此一睹美人的丰采。又暗自担心她接待的富人多，一定会看不起寒酸的人，而不把自己放在眼里。等到见了面，彼此交谈，竟是十分投合，瑞云格外殷勤地招待他，和他促膝长谈，眉目间流露着款款深情，并且又赠送一首诗给他，这诗是：

何事求浆者，（为什么那些求取仙液的人们，）
蓝桥叩晓关？（偏要到蓝桥去叩神仙的门呢？）
有心寻玉杵，（如果诚心要追求幸福，）
端只在人间！（那只有在人间才能寻到！）

书生看了这首诗，快乐得发狂似的，想要再说些心里的话，偏偏小丫头来说有客人求见，他只好匆匆告别。回到家，他一遍又一遍地吟咏诗句，不自禁地整日魂牵梦系起来。过了一两天，实在受不了这种炽热的感情的煎熬，便又安排一番，再度前往。

瑞云十分高兴地接见他，紧紧地依偎在他身边，悄悄对他说："能不能想办法使你我整晚相聚？"

178

书生说："我是个穷困的读书人，有的只是心中的一片赤诚，可以拿来献给知己而已。那一点点的礼金，已经是尽了我全部的能力，能和你见面，我已心满意足。至于肌肤之亲，我哪敢做这样的梦想！"瑞云听了，郁郁不乐，两人默默相对，都不说一句话。书生坐了许久没有出去，蔡妈妈再三地叫瑞云早点催他走，他这才离去。

他又忧伤又烦闷，想要把家中的田产变卖，来换取一夜的欢乐，可是想到漏尽天明时仍要分别，那种凄凉的情境，岂不是更加难受？想到这里，一切的热望都冰消了。从此就再没有和瑞云联系。

瑞云想选择第一个和她共度良宵的人，几个月来一直找不到适当的对象，鸨母为着这事对她很不满意。正要强迫她的时候，有个秀才带着见面礼来了。他坐下和瑞云谈了几句话，便起身用一个手指按在瑞云的额头上说："可惜呀！可惜！"说完就走了。

瑞云送走了客人，大家都看到她额上有一块像墨一样黑的手指印，瑞云立刻去清洗，不料那印子却是越洗越深。过了几天，黑的痕迹渐渐扩大，一年多以后，蔓延到整根鼻梁和脸部，见到她的人常常讪笑她。而她的客人也一天比一天减少，终于一个上门的都没有了。

鸨母见她已无利可图，就命她卸去妆扮，和婢女一起做些粗重的工作，瑞云又因身体柔弱，不能胜任这种苦事，因此，一天比一天憔悴。

姓贺的书生知道了瑞云的遭遇，急忙赶来看她。见她蓬着头在厨房里工作，丑陋得就像鬼物一样。她抬起头来看见书生，慌忙地把脸转向墙壁，企图隐藏自己的丑相。书生见了，很怜惜她，就和鸨母说愿意为她赎身，鸨母答应了。他就卖了田产家具，把她赎回去了。

进了家门，瑞云牵着书生的衣服哭泣着表示自己心中的感激，并且表明不敢担当妻子的名分，甘愿做妾来供他使唤，而把妻子的名分和地位留给其他的女孩子。

书生说："人生最可贵的就是知己。你从前得意的时候能够看得起我，我又怎么能在你失意的时候忘却你的恩情呢？"于是他决定不再迎娶别的女孩。听到这件事的人们都取笑他，可是他却爱她爱得更深挚、更热烈。

过了一年多，贺书生偶然到苏州去，在旅馆遇到一个姓和的秀才，忽然问起他："杭州有个名妓叫瑞云的，近况不知道怎么样了？"贺书生说她已嫁了人，对方又问嫁的是什么人？

贺书生回答说："这个人大概和我差不多吧！"

和秀才说："如果她真的嫁个和您一样的人，那的确是找到个好归宿了。不知道身价是多少？"

贺书生说："由于她患了一种奇怪的毛病，所以鸨母就随便地把她贱卖了。要不是这样，像我这样身份的人，怎能花得起钱从妓院里娶到美丽的女子呢？"

对方又问："她嫁的人真像您一样好吗？"

贺书生见他一再地追问，觉得很奇怪，于是反问他什么缘故。

和秀才笑着说："不瞒您说，我曾经见过她一次，对她那超越流俗的姿容十分爱怜，又觉得她流落风尘，实在可惜！所以施了一点小小的法术，把她那耀人的光彩隐藏起来，使她能够保全美玉般的洁白，等待真正爱惜她的人去鉴赏。"

贺书生急忙问道："您既能点上黑印，是不是也能消除它呢？"

和秀才笑着说："怎么不能呢？但必须她的丈夫诚恳地请求罢了！"

贺书生立刻起来行礼，说："瑞云的夫婿就是我！"

和秀才非常高兴地说："天下只有真正的才子，才懂得爱情的真谛，不因外在美丑的变化而改变初衷，请您带我回去，让我把尊夫人的美丽还给她。"于是和他一同回家。

到了家里，贺书生正要吩咐妻子预备酒菜，和秀才阻止他说："慢点！等我先施法术。何不让尊夫人怀着愉快的心情料理酒食呢？"立刻要贺书生用脸盆盛好了水。

和秀才伸出两只手指在水面上写了些字，说："用这水洗脸，脸上的黑印就会立刻褪去。不过，尊夫人一定要亲自出来向医她的人道谢哟！"

贺书生笑着把水捧进去，站在旁边看着瑞云洗脸。刚洗完，脸上立即变得光滑洁净，又恢复了当年的艳丽。

夫妇俩都非常的感激，赶紧一同走出来向客人道谢，却已看不见客人的踪影，到处寻找，始终没有找到。他们这才想道：大

概是遇到了一位仙人吧！（改写自《瑞云》）

【短评】

一个材质美好的人，在纷扰的环境中，若能韬光养晦，自然可以保持他的清纯，进而等待机会，达成愿望。一个情操高尚的人，绝不会因为外表的变化而改变初衷，舍弃理想。黑色的指印，掩盖的是世俗人眼里的光彩，而不是佳人才子内在的灵明。

黄　英

顺天府（在今北京一带）有个叫马子才的人，他家世世代代都喜欢菊花，到了马子才，喜欢得尤其厉害。他只要听说哪儿有好的品种，一定要设法把它买来，就是跋涉千里，他也不怕。

有一天，一个金陵来的客人住在他家，那客人说他的中表亲家有一两种菊花，是北方所没有的。马子才听了，欣然色喜，马上整理行装，跟着客人一起到金陵去。

到了金陵，那客人多方为他搜求，终于得到两棵雏菊，马子才把它们小心翼翼地包藏起来，就像得到了宝贝一样。他在回家的半路上，遇到了一个少年，骑着一匹毛驴跟在一辆车子后面。那少年的仪表非常潇洒，他就渐渐靠过去跟他聊起天来。

那少年自称姓陶，谈吐极为脱俗。他问马子才是从哪儿来的，马子才便把到金陵寻访菊花的事告诉他。那少年说："不管哪一个品种都是好的，至于花开得好不好，完全要看人们怎么栽培和灌溉。"接着两人便讨论起种菊花的要领来。

马子才很高兴，便问他要到哪儿去。那少年回答说："家姐在金陵住腻了，打算搬到河北去住。"

马子才欢喜地说："我虽然一向贫穷，但是那几间茅草房还可以勉强住得，如果你们姐弟不嫌简陋，就不必到别的地方去了。"

陶姓少年听他这么说，就赶到车前，请示姐姐的意见。车上的人推开帘子，探出头来说话，马子才一看，原来是一个二十来岁的绝代佳人。她跟弟弟说："屋子矮小倒不打紧，但是院子一定得广阔些。"陶姓少年衡量一下，马宅的条件差不多，就代姐姐答应了。于是姐弟两人就跟着马子才一起回家。

马家的南面有一块荒弃的园子，园子里有三四间小屋，陶姓少年很喜欢那个环境，就在那儿住下来。从此以后，他每天都到北面的院子来，替马子才种菊花。凡是枯死了的，就把它连根拔起，然后再栽下去，很快地，又活过来了。不过，陶姓少年家里似乎很穷，马子才每天跟他在一块儿吃饭喝酒；看他的家里，好像从来没有升火煮饭过。马子才的妻子吕氏，也很喜欢陶姓少年的姐姐，时常给他们送上一升半斗的米。陶姓少年的姐姐小名叫黄英，很会聊天，经常到吕氏那儿去，同她一起做活儿。

有一天，那陶姓少年对马子才："你家向来不宽裕，我们却天天白吃白喝的，连累了你这位好朋友，这样下去怎么可以呢？

为眼前打算，卖菊花也可以糊口咧。"

马子才一向廉介，听了陶姓少年的话，便有点瞧不起他，说："我本以为你是一个风流清高的人，能安于贫苦的生活。今天你说出这样的话来，岂不是把种菊花的园子当作盈利的场所了吗？这对菊花是一种侮辱啊！"

陶姓少年笑着说："靠自己的劳力吃饭，不算是贪财；把卖花当作职业，也不算是俗气。人固然不可以不择手段的求富，可是也不必一定去求贫啊！"

马子才一言不发，陶姓少年见话不投机，便起身告辞。从此以后，凡是马子才所丢弃的残枝劣种，陶姓少年统统捡了回去。因为马子才不同意他的计划，他也就不到马家去吃饭了。只有马家来请他的时候，他才去。

不久，菊花开了，马子才听见陶家门前热闹得像市场一样，觉得很奇怪，就走过去看个究竟。只见那些买花的人，有的用车子运，有的用肩膀扛，在路上连绵不断。姓陶的菊花，品种都很珍贵，全是他从来没看过的。马子才心里很讨厌他的贪婪，想要跟他断绝关系，可是又恨他私藏了好的品种，便来敲他的门，要找他理论。

陶姓少年从里面出来，牵着他的手走进去，只见从前荒弃了的园子，现在已种满了菊花，除了几间小屋子以外，再也没有别的空地了。锄掉一株的地方，就折了别的菊枝插补进去，那花圃上的蓓蕾，没有一朵不是好看的，可是再仔细一看，居然统统是他从前所丢弃的。

陶姓少年走到屋里去，拿出吃的喝的在花圃旁边摆起酒席来。他说："我太穷了，没有法子保持清高的操守，这几天我侥幸地赚了几文，拿来喝喝酒是够了。"过了一会儿，屋里有人喊"三郎"，陶姓少年答应一声便进去了。

接着，他端上了可口的菜肴，烹饪得非常精致。于是马子才便问道："令姐怎么还不嫁人呢？"

陶姓少年回答说："还没有到时候哩！"

马子才又问："要等到什么时候呢？"

陶姓少年说："再过四十三个月。"

马子才又问："什么原因呢？"陶姓少年只是微笑不语。这次两人喝得非常开心才散席。

第二天，马子才到陶家去，看见他新插种的菊花已经有一尺高了，感到奇怪极了，就苦苦地要求姓陶的把种法告诉他。

陶姓少年说："这个道理并不是言语所能表达的，况且，你又不靠它谋生，知道了又有什么用呢？"又过了几天，门前渐渐沉寂了下来，陶姓少年便以蒲席包着剩余的菊花，打成了好几捆，放在车上载走了。

隔一年，春天已过去了一半，陶姓少年才从南方运着一些珍异的花回来。他在大街上开了一家花店，只有十天的时间，就把花卖完了，于是又回到家里种菊花。

前一年跟陶姓少年买花的人，花谢了以后，都把根留下来，可是到了第二年，又统统变成了劣种，于是又来跟陶姓少年买花。陶姓少年因此一天天地富有起来。第一年，添盖了一些房子，第二年便盖起大厦了，事事都很称心如意，再也不跟姓马的这个主人打交道了。

渐渐地，从前的花圃，都被改建为房舍。他又买了一大块田，在四周筑起围墙，统统种上菊花。到了这年秋天，便载着花到别处去。可是第二年春天过去了，他并没有回来。

这时，马子才的妻子病死了，他有意再娶黄英，便偷偷地叫人向她暗示。黄英只是微笑，那样子好像是答应了，只是要等弟弟回来罢了。可是整整过了一年多，那陶姓少年仍然没有回来。黄英便督导仆人种菊花，就跟她弟弟在家时一样。赚到了钱，又去做其他的买卖，在村外买了二十几亩肥田，房屋建筑也更加壮丽了。

突然，有一位客人从广东来，带来陶姓少年的一封信，拆开来一看，信里面要姐姐嫁给姓马的，一查寄信的日子，正是马妻去世那一天。马子才想起那次和陶姓少年在园子里喝酒，到现在正好是四十三个月。他觉得奇怪极了，就把信拿给黄英看，问她聘礼要送到什么地方。黄英婉谢了聘礼，可是因为老房子简陋，就要他到南面的屋子来住，好像是招赘的样子。马子才不肯同意，于是便选了个黄道吉日，把黄英娶了过来。

黄英嫁给马子才以后，就在墙上开一个门，使它与南面的房屋相通，每天都回到自己的家里去督导仆人工作。马子才认为依靠妻子而富有，是件可耻的事，常常催促黄英立好南北两屋的账簿，分别记下收支的情形，免得两家财物混淆不清。可是日常家用的东西，却多半是从南屋取来的。不到半年的时间，马家所看到的，统统是陶家的东西。

马子才发现了就立刻叫人送回去，并且告诉他们，以后绝不可以再拿过来。可是不到十天，陶家的东西又混进来了。这样，搬来搬去的，一共搞了好几次，情形毫无改善，马子才真是烦透了。

黄英笑着说："我清廉的先生，你这样子不是太劳碌了吗？"马子才觉得很惭愧，也就不再去管它，一切都听黄英去安排了。

于是黄英雇工人，买材料，大规模地盖起房子来，马子才也禁止不了她。过了几个月，南北的楼房便连在一起，两家合成一家了。不过，黄英还是听从了马子才的话，关起门来不再卖菊花了，可是他们的享受，却不比世家大族差。

马子才很不安心，他说："我三十年来的清高德行，由于受到你的牵累，一下子败坏得差不多了。现在我活在世间，只是依靠女人吃饭，连一点丈夫气概都没有了，人家都愿意富，惟独我愿意穷！"

黄英说："我并不是贪得无厌，但是如果不稍稍弄点钱，改善一下生活，那么千年以后的人，都会说那清高的陶渊明①是天生的贫贱骨头，就是一百世也不能发达，所以我只是想让我家这位陶渊明不受人家的嘲笑罢了。不过，穷人想富是不容易的，富人想穷却一点儿也不难。我储积的那些钱，你只管拿去花，我绝不吝惜。"

马子才说:"拿人家的钱去乱花,也是件可耻的事。"

黄英说:"你不愿意富裕,我也不愿意贫穷。这样,只有一个办法可以解决:我们分开来住。让清高的人保持他的清高,污浊的人自甘他的污浊,这也没有什么不可以呀?"于是便在园子里盖了一间茅草房,选了几个漂亮的婢女,去侍候马子才,马子才觉得非常适意。可是过了几天,他好想念黄英,叫人去请她,她又不肯过来,不得已,只好自己跑去找她。每隔一夜,便去找她一次,很少例外。

黄英笑着说:"在东边吃饭,又跑到西边睡觉,清高的人应该不是这样的!"马子才听了,也无话可答,只有苦笑的分儿,于是,两人又住在一块了。

不久,马子才有事到金陵去。那时,正是菊花盛开的秋天。有一天早上,他经过一个花店,看到店里陈列着很多盆花,样式和花朵都很美丽。他心头一动,怀疑它们都是陶姓少年栽培的。过了一会儿,店主人出来了,马子才一看,果然是他。两人高兴极了,互相倾诉别后的情况。于是,他就住在陶姓少年店里了。

过了几天,马子才便邀陶姓少年一起回去,陶姓少年说:"金陵是我的故乡,我将在这里娶妻生子。我现在手头还有点积蓄,麻烦你带给姐姐,告诉她我在年尾会抽空去看她。"

马子才不肯,越发地苦求他,并且说:"家里侥幸地宽裕了,只需坐在那儿吃喝,也不用再做买卖了。"他就坐在店里,叫仆人代做买卖，把价钱订得低低的，只有几天的工夫，就把花统统卖完了。于是便逼迫陶姓少年打好行李，跟他一起租船到北方去。

他们两人回到家里，黄英已经整理好房间，床榻被褥也安排得好好的，好像预知她弟弟要回来似的。陶姓少年一卸下行装，就督导着仆人工作，把庭园大大地修整了一番。从此以后，便天天跟马子才在一块儿下棋、喝酒，也不再去结交新的朋友。马子才要替他找一门亲事，他总是坚持不要，他的姐姐便派了两个婢女去照顾他的饮食起居。

陶姓少年的酒量一向很大，从来未见他醉过。马子才有个姓曾的朋友，酒量也没有敌手，他去拜访马子才，马子才便叫他跟陶姓少年较量较量。

两人放怀畅饮，大有相见恨晚之慨。他们从早上一直喝到深夜，每人大约喝了一百壶左右。姓曾的烂醉如泥，在座位上呼呼大睡起来。陶姓少年站起来要回去睡觉，走出门外，踏到花圃，便倒了下去。他把衣服脱掉，放在一边，自己就化成菊花了。那棵菊花约有一人高，上面开了十几朵花，都比拳头还大。

马子才吓坏了，马上去告诉黄英，黄英赶忙把它拔起来放在地上，并且说："怎么醉成这个样子？"就拿衣服把它盖起来，叫马子才跟她一道离开，别去看它。

天亮以后，马子才到那儿一看，赫然发现，那株菊花又变成了陶姓少年。他仍然在花圃旁躺着。这一下子他才恍然大悟，陶家姐弟原来是菊花精。（改写自《黄英》）

【注释】

①　陶渊明：名潜，晋朝人，淡泊荣利，爱饮酒，也爱菊花，有自然诗人之称。

【短评】

真正的清高，应该是顺乎自然，通乎人情的；否则，便流于矫揉造作。这个故事里的菊花，就是陶渊明的化身，他告诉了我们清高和迂腐的分际，澄清了人们被扭曲的概念。

清虚奇石

从前，北京有一个叫邢云飞的人，他很喜欢石头，每当见到奇形怪状的石头，便不惜用很高的价钱买下。

有一回在河边捕鱼，渔网似乎被某种东西钩住了，他潜水下去，发现是一块直径约一尺的石头，捞起来仔细看，这石头显得玲珑剔透，上面突起的部分像重重叠叠秀丽的山峰。邢云飞如获至宝，心里快活极了。

邢云飞将石头带回家以后，特地雕刻了一座紫檀木的架子，把这块石头供在客厅的桌案上。奇怪得很，每当快要下雨的时候，这石头上的许多小孔便会冒出一朵一朵的云雾来。

一个有权有势的土豪知道了这件事儿，就上门要看看这石头，当他拿到手里以后，立刻交给了一个跟来的爪牙，居然夺门策马而去。邢云飞遇到这样蛮不讲理的人，对他们无可奈何，却又悲愤得直跺脚。

那个土豪的爪牙拿着石头到了河边，在桥上休息的时候，忽然失手将它掉进了河里。土豪十分生气，把这爪牙鞭打了一顿，又立刻花了很多钱雇人到河里寻找，却始终没有找到。最后只好在桥上贴出悬赏的告示，说谁要是找到了送去，便重重地答谢他。

从这以后，贪求赏金的人都纷纷下到河里去寻，几乎每天都挤满一河的人，可是竟没有一个人找到。

过了一些时日，邢云飞走到那条河边，看到河水，想起被人抢走的石头，不禁又悲伤起来。正在这时候，突然看见清澈的河底静静地躺着那块被土豪抢走的奇石，他又惊又喜，立刻脱下衣服，跳进水中把它抱了起来，这才发现紫檀架子仍完好无缺地嵌在上面。

回家以后，他再也不敢放置在客厅里，而是刻意地把内室整理一番，把它供奉在里面，以免再发生上次那样不幸的事情。

有一天，一个老人来敲门，要求见见这块石头。邢云飞推说早已被抢走了。

老人笑着说："您在客房里放置的，不就是吗？"

邢云飞心里想："反正我是藏在内室的。"为了证实客房里确实没有，就引老人到客房去看。进了客房，那块石头竟然陈列在小几上，这时邢云飞惊愕得说不出话来。

老人轻轻地抚摸着石头说："这是我家的古董，丢失已经很久了，原来在您这儿。既然让我找到了，就请您把它还给我吧！"

邢云飞很着急，说这石头明明是自己的。两人相持不下，都争说是石头的主人。

老人笑着说："您说是您的东西，那您的凭证是什么？"邢云飞无法回答。

老人接着说："这东西原本是我的，我对它了解得很清楚。它的四周一共有九十二个孔，大孔里还刻了五个字：'清虚天石供'。"

邢云飞仔细察看，大孔里果然有小字，比米粒还要小，竭尽眼力，才勉强可以辨认，再数它的孔，也符合老人所说的数目。邢云飞无话可说，却又难以割舍，便坚持不肯给。

老人笑着说："是谁家的东西？难道可以任凭您做主吗？"然后便作揖行礼而去。

邢云飞送到门外，再回到屋里，却见不到石头，又赶紧去追那老人。原来那老人还没走多远，他狂奔过去牵着老人的衣袖哀求。

老人说："奇怪了，直径尺把大的石头，难道可以握在手里，藏在袖子里吗？"邢云飞知道眼前这位老人是神仙，就苦苦地拉他回去，又跪在地上求他。

老人说："这石头到底是您家的呢？还是我家的呢？"

邢云飞回答说："这石头诚然是您老人家所有，只是求您割爱，把它给了我吧！"

老人说："既是这样，石头不是仍在老地方吗？"邢云飞进房里一看，石头已经回到原来放置的地方了。

老人说："天下的宝物，应当归于爱惜它的人。这块石头能自己选择主人，我非常高兴。但是它急着要表现自己，出现得太早，因此难逃劫难。我要将它带走，实在是打算三年之后，再拿来赠送给您的。现在您既然要留它下来，那么就必须减少您三年的寿数，才能和您终生相守，您愿意吗？"

邢云飞听到石头可以归自己所有，开心得猛点头说："愿意！"

老人于是用两个手指头捏一个孔，奇怪的是这时孔软得像泥土一样，随手就把孔封闭了。连续封闭了三个孔，然后说："现在石头上的孔数，就是您的寿数了。"随即道别，邢云飞一再挽留，都留不住。问老人的姓名，他也不肯吐露，终于离开了。

过了一年多，邢云飞因为出去办事，而留宿在外面，碰巧这一夜家里遭小偷光顾，小偷什么都没有拿，独独把这块石头偷走了。

邢云飞回来，伤痛得几乎晕死过去。他不停地到处察访，却全然得不到踪迹。这样寻找了几年，一直没有下落。

有一天，邢云飞偶然地在报国寺前见到有个人在卖石头，走近一看，所要卖的正是自己失窃的那块石头。他立刻向贩卖的人认取，那贩卖的人不服，于是两人捧着石头到衙门去评理。

衙门里的官员问："你们各有什么凭据？"那贩子只能说出石上的孔数。邢云飞问其他的特征，贩子一概茫然不知。邢云飞便说出大孔里的五个字，以及被捏去的三孔上面的指痕。

衙门里的官员仔细察验，果然没错，就将石头断还给邢云飞，并且要处罚那个贩子。贩子说是用二十两银子在街上买来的，这才被释放。

邢云飞再度寻回石头，更加小心安置，他用锦缎包裹着，藏在柜子里，隔一段日子想拿出来看的时候，一定得先烧上一炷香。

有一个在朝廷做尚书的大官知道了这块石头，要用一百两银子购买去。邢云飞说："即使是给我一万两，我也舍不得卖呀！"

那个大官怀恨在心，私下便假借其他的名义来陷害他，把他押进监牢，逼得他的家人只好变卖田产去营救他。

尚书派人去告诉他的儿子，只要把石头交出来，就什么事都没有了。他的儿子把这话转告他，他气急败坏地发誓道："我宁可死去，也不能失去这块石头。"可是为了救他出来，他的妻子和儿子暗地里商量的结果，还是把石头献给了那个大官。

邢云飞出狱以后，知道了事情的真相，气得半死。他痛骂妻子，又狠狠地殴打儿子，并连续自杀了好几次，都幸被家人发觉而救了过来。

某一个夜晚，他梦见一个男人来到自己面前，说："我就是'石清虚'。请您不要难过，我只和您暂时分别一年多罢了。明年八月二十日，天快亮的时候，您到海岱门去，花两贯钱就可以把我赎回来。"邢云飞得了这个梦，高兴极了，就把日期牢记在心。

说到那块石头，自从到了尚书的家里以后，再也不冒云雾了。久而久之，尚书也就不再重视它。

到了第二年，尚书因为犯了罪而被削去职务，不久就死了。

邢云飞如期到海岱门，果然有尚书家的仆人偷石头出来卖，于是用两贯钱买了回来。

邢云飞一直活到八十九岁，他自己准备好了一切丧葬的用品，又嘱咐儿子一定要用这块石头殉葬。他死了以后，他的儿子遵从父亲的遗命，把石头葬在墓中。

过了大约半年，有贼人盗墓，把石头劫走了。邢云飞的儿子知道了这件事，却寻查不到窃贼。

过了几天，和仆人走在路上，忽然见到两个人，跌跌撞撞、汗流满面地朝空中作揖说："邢先生，请不要再逼迫了，我们两人拿着那块石头，只不过卖了四两银子罢了。"

邢云飞的儿子就把这两人抓到衙门，一经询问，两人立即俯首认罪。问起石头的下落，原来已经卖给了一个姓宫的人。

官吏把石头取回来，在手中把玩，想占为己有，就命令属下放进公库。官吏举起石头，石头忽然掉到地上，摔成几十个碎片，在场的人都大惊失色。

邢云飞的儿子将碎片拾起，仍然埋进了墓里。（改写自《石清虚》）

【短评】

邢云飞和石清虚的遇合，给了我们两方面的暗示：第一，在旧社会里，没有权势的百姓想要拥有一样宝物，一定会受到多方面的威胁和阻挠，这就是古人所说的"怀璧其罪"啊！第二，古语说:"士为知己者死。"石清虚宁可堕地自碎,也要和赏识它的主人共始终,谁能说顽石无情呢?

医生和老虎

云南人殷元礼,精通针灸。有一天,他为了躲避盗匪,逃到一个深山里。眼看天色渐渐晚了,仍然找不到歇脚的地方,附近虎狼又多,他心里很是害怕。

正当他不知如何是好的时候,远远地望见前面路上有两个人,于是他就加快脚步跟了上去。那两个人回头看看元礼,问他是从哪里来的,准备到哪里去?元礼一五一十地说了,并且报上了自己的姓名和籍贯。

那两个人一听,赶忙拱手行礼说:"原来是菩萨心肠的殷大夫!久仰!久仰!"那两个人自称姓班,一个叫班爪,一个叫班牙。

班氏兄弟向元礼说:"不瞒殷先生说,我们也在一间石室里避难,那儿还勉强可以容身,如果先生不嫌简陋,不妨到那儿暂歇一宿,明儿再走也不迟。而且,我们兄弟还有事相求呢!"元礼非常高兴,马上就答应了。

不久,他们到了那间依山傍谷的小屋。班氏兄弟燃起柴火照明。在熊熊的火光下,元礼才看清楚他们的长相,那一副威猛的模样，给人的感觉不太像是善类。可是到了这个节骨眼儿，元礼也没有别的法子可想，一切只好任由老天去安排了。

这时，元礼隐隐约约地听到榻上有人呻吟，走过去仔细一瞧，原来有个老太婆直挺挺地躺在那儿，好像非常痛苦。

元礼关切地问："老太太，可是有哪里不舒服吗？"

班牙说："我们正想请殷大夫替她老人家看看呢！"于是班牙点起火把放在榻旁，请元礼诊察。只见那老太婆鼻子底下和嘴角地方有两个像碗口一样大的赘瘤。

班牙说："这两个东西碰一下都痛得要命，就连吃饭、喝水也很碍事。"

元礼大概地看了一下，便从药箱子里拿出一团艾草，为老太婆烧灸。大约灸了几十遍，看看差不多了，就跟班氏兄弟说："请你们放心吧！明天早上准会好的。"班氏兄弟听了，高兴得不得了，就烧了鹿肉来招待他。

班氏说："我们原不晓得殷先生光临，一时也没法子预备其他的酒菜。怠慢的地方，还请殷先生多多包涵。"

殷元礼吃饱了，就上榻睡觉，枕的是一块冷冰冰的石头。班氏兄弟看起来虽还诚恳朴实，可是却粗暴得可怕。元礼翻来覆去，怎样也不敢睡着。

天还未大亮，便叫醒老太婆，查问她患处的情况。老太婆睡眼惺忪地摸摸长瘤的地方，发现瘤已经没有了，只留下了快要愈合的伤口。元礼催促着班氏兄弟起来，把火把移近一点，给老太婆上了药，然后才拱手告别。班氏兄弟感激之余，又送了他一条烤好的鹿腿。

三年后的某一天，殷元礼又因事入山，在一条狭窄的山径上，被两匹狼挡住，没法子前进。

这时太阳已经西沉，后面又陆陆续续地来了一群狼，元礼前后受敌，进退两难。狼群拼命地向他扑来，殷元礼寡不敌众，终于倒了下去。那些狼争先恐后地咬他，他的衣服都统统被咬碎了。

殷元礼心里想：这下子是死定了。正待闭上眼睛，突然，听到一阵咆哮，接着出现了两只老虎。狼群看见老虎来了，便四散逃逸。老虎暴怒，又大吼几声，那些狼的腿一软，统统瘫了下去。老虎一一地把它们弄死，然后便离开了。

殷元礼跌跌撞撞地向前走，很害怕找不到投宿的地方，正好遇到一个老太婆，老太婆看他那副狼狈的样子，便说："殷先生大概吃了苦头了吧？"殷元礼把他的遭遇说了一遍，并且请问老太婆，是在什么地方认识他的。

老太婆说："先生真是贵人多忘事，我就是那个在石室中被你治过瘤病的老太婆呀！"殷元礼这才恍然大悟，便请求借宿，老太婆就把他带回去了。

他们进入一个院子，灯火已经亮起来了。老太婆说："其实老身早就算到先生今天会到山中来，已经在这里恭候多时了。"于是拿出了衣裤，叫元礼把那破衣服给换了。并且准备了好酒，殷勤地招待他。老太婆也用陶碗倒酒来喝，她的酒量很大，谈吐也很豪放，一点都不像妇道人家。

喝了一会儿酒，殷元礼问道："从前我曾见过这儿有两位男士，是老太太的什么人？今天怎么没有看到呢？"

老太婆说："那是我的两个儿子，我叫他们去迎接先生，还未回来，大概是迷路了。"殷元礼为她的情义所感动，放怀畅饮，竟不知不觉醉了，在座位上大睡起来。

一觉醒来，天边已是一片鱼肚白，殷元礼向四周看看，竟然见不到一栋房舍，只好孤单单地坐在岩石上。

这时他听到岩石底下有像牛一样大的喘息声，走近一看，竟然是一只睡得正甜的母老虎。她的嘴角有两个瘢痕，都像拳头一样大。这下子他吓坏了，惟恐被老虎发现，便蹑手蹑脚，偷偷地溜了。

殷元礼这才恍然大悟，从前所见到的班氏兄弟，原来是两只老虎。（改写自《二班》）

【短评】

老虎是一种凶猛的动物，可是在这里，作者却把它们写得那样的人性化。它们讲孝道，也讲德义，经久而不忘别人的恩惠。如果我们说它们是具有"虎"形的"人"，有何不可？相反地，有些人却五伦不修，忘恩负义，我们说他们是具有"人"形的"虎"，也是理所当然的了。

附录　原典精选

聊斋自志

披萝带荔，三闾氏感而为《骚》；牛鬼蛇神，长爪郎吟而成癖。自鸣天籁，不择好音，有由然矣。松，落落秋萤之火，魑魅争光；逐逐野马之尘，魍魉见笑。才非干宝，雅爱搜神；情类黄州，喜人谈鬼。闻则命笔，遂以成编。

久之，四方同人，又以邮筒相寄，因而物以好聚，所积益夥。甚者：人非化外，事或奇于断发之乡；睫在眼前，怪有过于飞头之国。遄飞逸兴，狂固难辞；永托旷怀，痴且不讳。展如之人，得毋向我胡卢耶？然五父衢头，或涉滥听；而三生石上，颇悟前因。放纵之言，有未可概以人废者。

松悬弧时，先大人梦一病瘠瞿昙，偏袒入室，药膏如钱，圆黏乳际。寤而松生，果符墨志。且也：少羸多病，长命不犹。

门庭之凄寂，则冷淡如僧；笔墨之耕耘，则萧条似钵。每搔头自念：勿亦面壁人果是吾前身耶？盖有漏根因，未结人天之果；而随风荡堕，竟成藩溷之花。茫茫六道，何可谓无其理哉！

独是子夜荧荧，灯昏欲蕊；萧斋瑟瑟，案冷疑冰。集腋为裘，妄续《幽冥》之录；浮白载笔，仅成《孤愤》之书：寄托如此，亦足悲矣！嗟乎！惊霜寒雀，抱树无温；吊月秋虫，偎阑自热。知我者，其在青林黑塞间乎！

康熙己未春日。

画　壁

　　江西孟龙潭，朱孝廉客都中。偶涉一兰若，殿宇禅舍，俱不甚弘敞，惟一老僧挂搭其中。见客入，肃衣出迓，导与随喜。殿中塑志公像。两壁图绘精妙，人物如生。东壁画散花天女，内一垂髫者，拈花微笑，樱唇欲动，眼波将流。朱注目久，不觉神摇意夺，恍然凝想。身忽飘飘，如驾云雾，已到壁上。见殿阁重重，非复人世。

　　一老僧说法座上，偏袒，绕视者甚众。朱亦杂立其中。少间，似有人暗牵其裾。回顾，则垂髫儿，辗（chǎn）然竟去。履即从之。过曲栏，入一小舍，朱次且不敢前。女回首，举手中花，遥遥作招状，乃趋之。

　　舍内寂无人，遽拥之，亦不甚拒，遂与狎好。既而闭户去，嘱勿咳，夜乃复至，如此二日。女伴觉之，共搜得生，戏谓女曰："腹内小郎已许大，尚发蓬蓬学处子耶？"共捧簪珥，促令上鬟。女含羞不语。一女曰："妹妹姊姊，吾等勿久住，恐人不欢。"群笑而去。

　　生视女，鬟云高簇，鬟凤低垂，比垂髫时尤艳绝也。四顾无人，渐入猥亵，兰麝熏心，乐方未艾。

　　忽闻吉莫靴铿铿甚厉，缧（léi）锁锵然。旋有纷嚣腾辨之声。女惊起，与生窃窥，则见一金甲使者，黑面如漆，绾（wǎn）锁挈槌，众女环绕之。使者曰："全未？"答言："已全。"使者曰：

203

"如有藏匿下界人,即共出首,勿贻伊戚。"又同声言:"无。"使者反身鹗顾,似将搜匿。女大惧,面如死灰。张皇谓朱曰:"可急匿榻下。"乃启壁上小扉,猝遁去。

朱伏,不敢少息。俄闻靴声至房内,复出。未几,烦喧渐远,心稍安;然户外辄有往来语论者。朱跼蹐(jú jǐ)既久,觉耳际蝉鸣,目中火出,景状殆不可忍,惟静听以侍女归,竟不复忆身之何自来也。

时孟龙潭在殿中,转瞬不见朱,疑以问僧。僧笑曰:"往听说法去矣。"问:"何处?"曰:"不远。"少时,以指弹壁而呼曰:"朱檀越何久游不归?"旋见壁间画有朱像,倾耳伫立,若有听察。僧又呼曰:"游侣久待矣。"遂飘忽自壁而下,灰心木立,目瞪足喽。孟大骇,从容问之,盖方伏榻下,闻叩声如雷,故出房窥听也。共视拈花人,螺髻翘然,不复垂髫矣。朱惊拜老僧,而问其故。僧笑曰:"幻由人生,贫道何能解?"朱气结而不扬,孟心骇而无主。即起,历阶而出。

异史氏曰:"幻由人生,此言类有道者。人有淫心,是生亵境;人有亵心,是生怖境。菩萨点化愚蒙,千幻并作,皆人心所自动耳。老婆心切,惜不闻其言下大悟,披发入山也。"

翩 翩

罗子浮，邠人。父母俱早世。八九岁，依叔大业。业为国子左厢，富有金缯而无子，爱子浮若己出。

十四岁，为匪人诱去作狭邪游。会有金陵娼，侨寓郡中，生悦而惑之。娼返金陵，生窃从遁去。居娼家半年，床头金尽，大为姊妹行齿冷。然犹未遽绝之。无何，广创溃臭，沾染床席，逐而出。丐于市。市人见辄遥避。自恐死异域，乞食西行；日三四十里，渐至邠界。又念败絮脓秽，无颜入里门，尚逡巡（zī jū）近邑间。

日既暮，欲趋山寺宿。遇一女子，容貌若仙。近问："何适？"生以实告。女曰："我出家人，居有山洞，可以下榻，颇不畏虎狼。"生喜，从去。入深山中，见一洞府。入则门横溪水，石梁驾之。又数武，有石室二，光明彻照，无须灯烛。命生解悬鹑，浴于溪流。曰："濯之，创当愈。"又开幛拂褥促寝，曰："请即眠，当为郎作裤。"乃取大叶类芭蕉，剪缀作衣。生卧视之。制无几时，折叠床头，曰："晓取着之。"乃与对榻寝。

生浴后，觉创痒无苦。既醒，摸之，则痂厚结矣。诘旦，将兴，心疑蕉叶不可着。取而审视，则绿锦滑绝。少间，具餐。女取山叶呼作饼，食之，果饼；又剪作鸡、鱼，烹之皆如真者。室隅一罂，贮佳醞，辄复取饮；少减，则以溪水灌益之。

数日，创痂尽脱，就女求宿。女曰："轻薄儿！甫能安身，便生妄想。"生云:"聊以报德。"遂同卧处,大相欢爱。

一日,有少妇笑入,曰:"翩翩小鬼头快活死!薛姑子好梦,几时做得?"女迎笑曰:"花城娘子,贵趾久弗涉,今日西南风紧,吹送来也!小哥子抱得未?"曰:"又一小婢子。"女笑曰:"花娘子瓦窑哉!那弗将来?"曰:"方鸣之,睡却矣。"于是坐以款饮。又顾生曰:"小郎君焚好香也。"

生视之,年二十有三四,绰有余妍。心好之。剥果误落案下,俯假拾果,阴捻翘凤;花城他顾而笑,若不知者。生方恍然神夺,顿觉袍裤无温;自顾所服,悉成秋叶。几骇绝。危坐移时,渐变如故。窃幸二女之弗见也。

少顷,酬酢间,又以指搔纤掌。城坦然笑谑,殊不觉知。突突怔忡间,衣已化叶,移时始复变。由是惭颜息虑,不敢妄想。

城笑曰:"而家小郎子,大不端好!若弗是醋葫芦娘子,恐跳迹入云霄去。"女亦哂曰:"薄幸儿,便直得寒冻杀!"相与鼓掌。

花城离席曰:"小婢醒,恐啼肠断矣。"女亦起曰:"贪引他家男儿,不忆得小江城啼绝矣。"花城既去,惧贻诮责;女卒晤对如平时。

居无何,秋老风寒,霜零木脱,女乃收落叶,蓄旨御冬。顾生肃缩,乃持樸(pú)掇拾洞口白云,为絮复衣;着之,温暖如襦,且轻松常如新绵。逾年,生一子,极惠美。日在洞中弄儿为乐。然每念故里,乞与同归。女曰:"妾不能从;不然,君自去。"因循二三年,儿渐长,遂与花城订为姻好。

生每以叔老为念。女曰："阿叔腊故大高，幸复强健，无劳悬耿。待保儿婚后，去住由君。"女在洞中，辄取叶写书教儿读，儿过目即了。女曰："此儿福相，放教入尘寰，无忧至台阁。"

未几，儿年十四。花城亲诣送女。女华妆至，容光照人。夫妻大悦，举家讌集。翩翩扣钗而歌曰："我有佳儿，不羡贵官。我有佳妇，不羡绮纨。今夕聚首，皆当喜欢。为君行酒，劝君加餐。"既而花城去，与儿夫妇对室居。新妇孝，依依膝下，宛如所生。

生又言归。女曰："子有俗骨，终非仙品；儿亦富贵中人，可携去，我不误儿生平。"新妇思别其母，花城已至。儿女恋恋，涕各满眶。两母慰之曰："暂去，可复来。"

翩翩乃剪叶为驴，令三人跨之以归。大业已老归林下，意侄已死，忽携佳孙美妇归，喜如获宝。入门，各视所衣，悉蕉叶；破之，絮蒸蒸腾去。乃并易之。后生思翩翩，偕儿往探之，则黄叶满径，洞口云迷，零涕而返。

异史氏曰："翩翩、花城，殆仙者耶？餐叶衣云，何其怪也！然帏幄诽谑，狎寝生雏，亦复何殊于人世？山中十五载，虽无'人民城郭'之异；而云迷洞口，无迹可寻，睹其景况，真刘、阮返棹时矣。"

狐　谐

万福，字子祥，博兴人也。幼业儒。家少有而运殊蹇，行年二十有奇，尚不能掇一芹。乡中浇俗，多报富户役，长厚者至碎破其家。万适报充役，惧而逃，如济南，税居逆旅。夜有奔女，颜色颇丽。万悦而私之。请其姓氏。女自言："实狐，但不为君祟耳。"万喜而不疑。女嘱勿与客共，遂日至，与共卧处。凡日用所需，无不仰给于狐。

居无何，二三相识，辄来造访，恒信宿不去。万厌之而不忍拒，不得已，以实告客。客愿一睹仙容。万白于狐。狐谓客曰："见我何为哉？我亦犹人耳。"闻其声，呖呖在目前，四顾，即又不见。客有孙得言者，善俳谑，固请见，且谓："得听娇音，魂魄飞越；何吝容华，徒使人闻声相思？"狐笑曰："贤哉孙子！欲为高曾母作行乐图耶？"诸客俱笑。狐曰："我为狐，请与客言狐典，颇愿闻之否？"众唯唯。

狐曰："昔某村旅舍，故多狐，辄出祟行客。客知之，相戒不宿其舍，半年，门户萧索。主人大忧，其讳言狐。忽有一远方客，自言异国人，望门休止。主人大悦。甫邀入门，即有途人阴告曰："是家有狐。"客惧，白主人：欲他徙。主人力白其妄，客乃止。入室方卧，见群鼠出于床下。客大骇，骤奔，急呼："有狐！"主人惊问。客怨曰："狐巢于此，何诳我言无？"主人又问："所见何状？"客曰："我今所见，细细么么，不是狐儿，必当是狐孙子！"言罢，座客为之粲然。

孙曰："既不赐见，我辈留宿，宜勿去，阻其阳台。"狐笑曰："寄宿无妨；倘小有迕犯，幸勿滞怀。"客恐其恶作剧，乃共散去。然数日必一来，索狐笑骂。狐谐甚，每一语，即颠倒宾客，滑稽者不能屈也。群戏呼为"狐娘子"。

一日，置酒高会，万居主人位，孙与二客分左右座，上设一榻屈狐。狐辞不善酒。咸请坐谈，许之。酒数行，众掷骰为瓜蔓之令。客值瓜色，会当饮，戏以觥移上座曰："狐娘子大清醒，暂借一觞。"狐笑曰："我故不饮。愿陈一典，以佐诸公饮。"孙掩耳不乐闻。客皆言曰："骂人者当罚。"狐笑曰："我骂狐何如？"众曰："可。"于是倾耳共听。狐曰："昔一大臣，出使红毛国，着狐腋冠，见国王。王见而异之，问：'何皮毛，温厚乃尔？'大臣以狐对。王言：'此物生平未曾得闻。狐字字画何等？'使臣书空而奏曰：'右边是一大瓜，左边是一小犬。'"主客又复哄堂。

二客，陈氏兄弟，一名所见，一名所闻。见孙大窘，乃曰："雄狐何在，而纵雌流毒若此？"狐曰："适一典，谈犹未终，遂为群吠所乱，请终之。国王见使臣乘一骡，甚异之。使臣告曰：'此马之所生。'又大异之。使臣曰：'中国马生骡，骡生驹驹。'王细问其状。使臣曰：'马生骡，是"臣所见"；骡生驹驹，乃"臣所闻"。'"举座又大笑。

众知不敌，乃相约：后有开谴端者，罚作东道主。顷之，酒酣，孙戏谓万曰："一联请君属之。"万曰："何如？"孙曰："妓

209

者出门访情人，来时'万福'，去时'万福'。"合座属思不能对。狐笑曰："我有之矣。"众共听之。曰："龙王下诏求直谏，鳖也'得言'，龟也'得言'。"四座无不绝倒。孙大恚曰："适与尔盟，何复犯戒？"狐笑曰："罪诚在我；但非此，不成确对耳。明旦设席，以赎吾过。"相笑而罢。狐之诙谐，不可殚述。

居数月，与万偕归。及博兴界，告万曰："我此处有葭莩亲，往来久梗，不可不一讯。日且暮，与君同寄宿，待旦而行可也。"万询其处，指言："不远。"万疑前此故无村落，姑从之。二里许，果见一庄，生平所未历。狐往叩关，一苍头出应门。入则重门叠阁，宛然世家。俄见主人，有翁与媪，揖万而坐。列筵丰盛，待万以姻娅，遂宿焉。狐早谓曰："我遽偕君归，恐骇闻听。君宜先往，我将继至。"万从其言，先至，预白于家人。未几，狐至。与万言笑，人尽闻之，而不见其人。

逾年，万复事于济，狐又与俱。忽有数人来，狐从与语，备极寒暄。乃语万曰："我本陕中人，与君有夙因，遂从尔许时。今我兄弟至矣。将从以归，不能周事。"留之不可，竟去。

续黄粱

福建曾孝廉，高捷南宫时，与二三新贵，遨游郊郭。偶闻毗卢禅院，寓一星者，因并骑往诣问卜。入揖而坐。星者见其意气，稍佞谀之。曾摇箑（shà）微笑，便问："有蟒玉分否？"星者正容许二十年太平宰相。曾大悦，气益高。

值小雨，乃与游侣避雨僧舍。舍中一老僧，深目高鼻，坐蒲团上，偃蹇不为礼。众一举手登榻自语，群以宰相相贺。曾心气殊高，指同游曰："某为宰相时，推张年丈作南抚，家中表为参、游，我家老苍头亦得小千把，于愿足矣。"一坐大笑。

俄闻门外雨益倾注，曾倦伏榻间，忽见有二中使，赍天子手诏，召曾太师决国计。曾得意，疾趋入朝。天子前席，温语良久。命三品以下，听其黜陟；即赐蟒玉名马。曾被服稽拜以出。入家，则非旧所居第，绘栋雕榱（cuī），穷极壮丽。自亦不解，何以遽至于此。然捻髯微呼，则应诺雷动。俄而公卿赠海物，伛偻足恭者，叠出其门。六卿来，倒屣而迎；侍郎辈，揖与语；下此者，颔之而已。晋抚馈女乐十人，皆是好女子。其尤者为袅袅，为仙仙，二人尤蒙宠顾。科头休沐，日事声歌。

一日，念微时尝得邑绅王子良周济我，今置身青云，渠尚蹉跎仕路，何不一引手？早旦一疏，荐为谏议，即奉俞旨，立行擢用。又念郭太仆曾睚眦（yá zì）我，即传吕给谏及侍御陈昌等，授以意旨；越日，弹章交至，奉旨削职以去。恩怨了了，颇快心意。

偶出郊衢，醉人适触卤簿，即遣人缚付京尹，立毙杖下。接第连阡者，皆畏势献沃产。自此富可埒国。

无何而袅袅、仙仙，以次殂谢，朝夕遐想。忽忆曩年见东家女绝美，每思购充媵御，辄以绵薄违宿愿，今日幸可适志。乃使干仆数辈，强纳赀于其家。俄顷，藤舆舁（yú）至，则较昔之望见时，尤艳绝也。

自顾生平，于愿斯足。又逾年，朝士窃窃，似有腹非之者。然各为立仗马；曾亦高情盛气，不以置怀。

有龙图学士包上疏，其略曰：

窃以曾某，原一饮赌无赖，市井小人。一言之合，荣膺圣眷，父紫儿朱，恩宠为极。不思捐躯摩顶，以报万一；反恣胸臆，擅作威福。可死之罪，擢发难数！朝廷名器，居为奇货，量缺肥瘠，为价重轻。因而公卿将士，尽奔走于门下，估计贿缘，俨如负贩，仰息望尘，不可算数。或有杰士贤臣，不可阿附，轻则置之闲散，重则褫以编氓。甚且一臂不袒，辄连鹿马之奸；片语方干，远窜豺狼之地。朝士为之寒心，朝廷因而孤立。又且平民膏腴，任肆蚕食；良家女子，强委禽妆。沴气冤氛，暗无天日！奴仆一到，则守、令承颜；书函一投，则司、院枉法。或有厮养之儿，瓜葛之亲，出则乘传，风行雷动。地方之供给稍迟，马上之鞭挞立至。荼毒人民，奴隶官府，扈从所临，野无青草。而某方炎炎赫赫，怙宠无悔。召对方承于阙下，姜非辄进于君前；委蛇才退于自公，声歌已起于后苑。声色狗马，昼夜荒淫；国计民生，罔存念虑。世上宁有此宰相乎！内外骇讹，人情汹汹。若不急加斧锧之诛，势必酿成操、莽之祸。臣夙夜祇惧，不敢宁处，冒死列款，仰达宸听。伏祈断奸佞之头，籍贪冒之产，上回天怒，下快舆情。如果臣言虚谬，刀锯鼎镬，即加臣身。

疏上，曾闻之，气魄悚骇，如饮冰水。幸而皇上优容，留中不发。又继而科、道、九卿，交章劾奏；即昔之拜门墙、称假父者，亦反颜相向。奉旨籍家，充云南军。子任平阳太守，已差员前往提问。

曾方闻旨惊怛，旋有武士数十人，带剑操戈，直抵内寝，褫其衣冠，与妻并系。俄见数夫运赀于庭，金银钱钞以数百万，珠翠瑙玉数百斛，幄幕帘榻之属，又数千事，以至儿褓女舄（xì），遗坠庭阶。曾一一视之，酸心刺目。

又俄而一人掠美妾出，披发娇啼，玉容无主。悲火烧心，含愤不敢言。俄楼阁仓库，并已封志。立叱曾出。监者牵罗曳而出。

夫妻吞声就道，求一下驷劣车，少作代步，亦不得。十里外，妻足弱，欲倾跌，曾时以一手相攀引。又十余里，己亦困惫。欻（xū）见高山，直插霄汉，自忧不能登越，时挽妻相对泣，而监者狞目来窥，不容稍停驻。又顾斜日已坠，无可投止，不得已，参差蹩躞（bié xiè）而行。比至山腰，妻力已尽，泣坐路隅。曾亦憩止，任监者叱骂。

忽闻百声齐噪，有群盗各操利刃，跳梁而前。监者大骇，逸去。曾长跪，言："孤身远谪，橐中无长物。"哀求有免。

群盗裂眦宣言："我辈皆被害冤民，只乞得佞贼头，他无索取。"

曾叱怒曰："我虽待罪，乃朝廷命官，贼子何敢尔！"贼亦怒，以巨斧挥曾项。觉头堕地作声，魂方骇疑，即有二鬼来，反接其手，驱之行。行逾数刻，入一都会。

顷之，睹宫殿；殿上一丑形王者，凭几决罪福。曾前，匍伏请命。

王者阅卷，才数行，即震怒曰："此欺君误国之罪，宜置油鼎！"万鬼群和，声如雷霆。即有巨鬼捽（zú）至墀下。见鼎高七尺已来，四围炽炭，鼎足尽赤。

曾觳觫（hú sù）哀啼，窜迹无路。鬼以左手抓发，右手握踝，抛置鼎中。觉块然一身，随油波而上下；皮肉焦灼，痛彻于心；沸油入口，煎烹肺腑。念欲速死，而万计不能得死。

约食时，鬼方以巨叉取曾出，复伏堂下。

王又检册籍，怒曰："倚势凌人，合受刀山狱！"鬼复捽去。见一山，不甚广阔；而峻削壁立，利刃纵横，乱如密笋。先有数人贯（juàn）肠刺腹于其上，呼号之声，惨绝心目。

鬼促曾上，曾大哭退缩。鬼以毒锥刺脑，曾负痛乞怜。鬼怒，捉曾起，望空力掷。觉身在云霄之上，晕然一落，刃交于胸，痛苦不可言状。又移时，身躯重赘，刀孔渐阔；忽焉脱落，四支蜷屈。

鬼又逐以见王。王命会计生平卖爵鬻名，枉法霸产，所得金钱几何。即有鬤（níng）须人持筹握算，曰："三百二十一万。"

王曰："彼即积来，还令饮去！"少间，取金钱堆阶上，如丘陵。渐入铁釜，镕以烈火。

鬼使数辈，更以勺灌其口，流颐则皮肤臭裂，入喉则脏腑腾沸。生时患此物之少，是时患此物之多也！半日方尽。

王者令押去甘州为女。行数步，见架上铁梁，围可数尺，绾一火轮，其大不知几百由旬，焰生五采，光耿云霄。鬼挞使登轮。方合眼跃登，则轮随足转，似觉倾坠，遍体生凉。开眸自顾，身已婴儿，而又女也。视其父母，则悬鹑败焉。土室之中，瓢杖犹存。心知为乞人子。

日随乞儿托钵，腹辘辘然常不得一饱。着败衣，风常刺骨。十四岁，鬻与项秀才备媵妾，衣食粗足自给。而家室悍甚，日以鞭棰从事，辄以赤铁烙胸乳。幸而良人颇怜爱，稍自宽慰。

东邻恶少年，忽逾垣来逼与私。乃自念前身恶孽，已被鬼责，今那得复尔。于是大声疾呼，良人与嫡妇尽起，恶少年始窜去。

居无何，秀才宿诸其室，枕上喋喋，方自诉冤苦。忽震厉一声，室门大辟，有两贼持刀入，竟决秀才首，囊括衣物。团伏被底，不敢复作声。

既而贼去，仍喊奔嫡室。嫡大惊，相与泣验。遂疑妾以奸夫杀良人，因以状白刺史；刺史严鞫（jú），竟以酷刑定罪案，依律凌迟处死。縶赴刑所，胸中冤气扼塞，距踊声屈，觉九幽十八狱，无此黑黯也。

正悲号间，闻游者呼曰："兄梦魇耶？"豁然而寤，见老僧犹跏趺座上。

同侣竞相谓曰："日暮腹枵，何久酣睡？"曾乃惨淡而起。

僧微笑曰："宰相之占验否？"曾益惊异，拜而请教。

僧曰："修德行仁，火坑中有青莲也。山僧何知焉。"

曾胜气而来，不觉丧气而返。台阁之想，由此淡焉。入山不知所终。

异史氏曰："福善祸淫，天之常道。闻作宰相而忻然于中者，必非喜其鞠躬尽瘁可知矣。是时方寸中，宫室妻妾，无所不有。然而梦固为妄，想亦非真。彼以虚作，神以幻报。黄粱将熟，此梦在所必有，当以附之邯郸之后。"

寒月芙蕖（济南道人）

济南道人者，不知何许人，亦不详其姓氏。冬夏惟着一单帢衣，系黄绦，别无裤襦。每用半梳梳发，即以齿衔鬓际，如冠状。日赤脚行市上；夜卧街头，离身数尺外，冰雪尽镕。

初来，辄对人作幻剧，市人争贻之。有井曲无赖子，遗以酒，求传其术，弗许。遇道人浴于河津，骤抱其衣以胁之。

道人揖曰："请以赐还，当不吝术。"无赖者恐其绐，固不肯释。

道人曰："果不相授耶？"曰："然。"

道人默不与语；俄见黄绦化为蛇，围可数握，绕其身六七匝，怒目昂首，吐舌相向。

某大愕，长跪，色青气促，惟言乞命。道人乃竟取绦。绦竟非蛇；另有一蛇，蜿蜒入城去。由是道人之名益著。

缙绅家闻其异，招与游，从此往来乡先生门。司、道俱耳其名，每宴集，辄以道人从。

一日，道人请于水面亭报诸宪之饮。至期，各于案头得道人速客函，亦不知所由至。诸客赴宴所，道人伛偻出迎。既入，则空亭寂然，榻几未设，咸疑其妄。

道人顾官宰曰："贫道无僮仆，烦借诸扈从，少代奔走。"官宰共诺之。

道人于壁上绘双扉，以手挝之。内有应门者，振管而起。共趋觇（chān）望，则见憧憧者往来于中；屏幔床几，亦复都有。即有人传送门外。道人命吏胥辈接列亭中，且嘱勿与内人交语。两相受授，惟顾而笑。

顷刻，陈设满亭，穷极奢丽。既而旨酒散馥，热炙腾熏，皆自壁中传递而出。座客无不骇异。

亭故背湖水，每六月时，荷花数十顷，一望无际。宴时方凌冬，窗外茫茫，惟有烟绿。一官偶叹曰："此日佳集，可惜无莲花点缀！"众俱唯唯。

少顷，一青衣吏奔白："荷叶满塘矣！"一座尽惊。

推窗眺瞩，果见弥望青葱，间以菡萏。转瞬间，万枝千朵，一齐都开，朔风吹来，荷香沁脑。群以为异。遣吏人荡舟采莲。

遥见吏人入花深处；少间返棹，白手来见。官诘之。吏曰："小人乘舟去，见花在远际；渐至北岸，又转遥遥在南荡中。"

道人笑曰："此幻梦之空花耳。"

无何，酒阑，荷亦凋谢；北风骤起，摧折荷盖，无复存矣。济南观察公甚悦之，携归署，日与狎玩。

一日，公与客饮。公故有家传良酝，每以一斗为率，不肯供浪饮。

是日，客饮而甘之，固索倾酿。公坚以既尽为辞。

道人笑谓客曰："君必欲满老饕，索之贫道而可。"客请之。

道人以壶入袖中，少刻出，遍斟坐上，与公所藏更无殊别。尽欢始罢。

公疑焉，入视酒瓻（chī），则封固宛然，而空无物矣。心窃愧怒，执以为妖，笞之。杖才加，公觉股暴痛；再加，臀肉欲裂。道人虽声嘶阶下，观察已血殷坐上。乃止不笞，逐令去。

道人遂离济，不知所往。后有人遇于金陵，衣装如故。问之，笑不语。

贾奉雉

贾奉雉，平凉人。才名冠一时，而试辄不售。一日，途中遇一秀才，自言郎姓，风格洒然，谈言微中。因邀俱归，出课艺就正。

郎读罢，不甚称许，曰："足下文，小试取第一则有余，闱场取榜尾则不足。"贾曰："奈何？"

郎曰："天下事，仰而跂之则难，俯而就之甚易，此何须鄙人言哉！"遂指一二人、一二篇以为标准，大率贾所鄙弃而不屑道者。闻之，笑曰："学者立言，贵乎不朽，即味列八珍，当使天下不以为泰耳。如此猎取功名，虽登台阁，犹为贱也。"

郎曰："不然。文章虽美，贱则弗传。君欲抱卷以终也则已；不然，帘内诸官，皆以此等物事进身，恐不能因阅君文，另换一副眼睛肺肠也。"贾终嘿然。郎起而笑曰："少年盛气哉！"遂别而去。

是秋入闱复落，邑邑不得志，颇思郎言，遂取前所指示者强读之。未至终篇，昏昏欲睡，心惶惑无以自主。

又三年，闱场将近，郎忽至，相见甚欢。因出所拟七题，使贾作之。越日，索文而阅，不以为可，又令复作；作已，又訾之。

贾戏于落卷中，集其蕞（tà）冗泛滥，不可告人之句，连缀成文，俟其来而示之。郎喜曰："得之矣！"因使熟记，坚嘱勿忘。

贾笑曰："实相告：此言不由中，转瞬即去，便受夏楚，不能复忆之也。"郎坐案头，强令自诵一过；因使袒背，以笔写符而去，曰："只此已足，可以束阁群书矣。"验其符，濯之不下，深入肌理。

至场中，七题无一遗者。回思诸作，茫不记忆，惟戏缀之文，历历在心。然把笔终以为羞；欲少窜易，而颠倒苦思，竟不能复更一字。日已西坠，直录而出。郎候之已久，问："何暮也？"贾以实告，即求拭符；视之，已漫灭矣。再忆场中文，遂如隔世。大奇之。因问："何不自谋？"笑曰："某惟不作此等想，故能不读此等文也。"遂约明日过诸其寓，贾诺之。郎既去，贾取文稿自阅之，大非本怀，怏怏不自得，不复访郎，嗒（tà）丧而归。

未几，榜发，竟中经魁。又阅旧稿，一读一汗。读竟，重衣尽湿。自言曰："此文一出，何以见天下士矣！"方惭怍间，郎忽至曰："求中既中矣，何其闷也？"曰："仆适自念，以金盆玉碗贮狗矢，真无颜出见同人。行将遁迹山丘，与世长绝矣。"

郎曰："此亦大高，但恐不能耳。果能之，仆引见一人，长生可得，并千载之名，亦不足恋，况傥来之富贵乎！"贾悦，留与共宿，曰："容某思之。"天明，谓郎曰："予志决矣！"不告妻子，飘然遂去。

渐入深山，至一洞府，其中别有天地。有叟坐堂上，郎使参之，呼以师。叟曰："来何早也？"郎曰："此人道念已坚，望加收齿。"叟曰："汝既来，须将此身并置度外，始得。"贾唯唯听命。

郎送至一院，安其寝处，又投以饵，始去。房亦精洁；但户无扉，窗无棂，内惟一几一榻。贾解履登榻，月明穿射矣。觉微饥，取饵啖之，甘而易饱。窃意郎当复来，坐久寂然，杳无声响。但觉清香满室，脏腑空明，脉络皆可指数。

忽闻有声甚厉，似猫抓痒，自牖瞯之，则虎蹲檐下。乍见，甚惊；因忆师言，即复收神凝坐。虎似知其有人，寻入近榻，气咻咻，遍嗅足股。少顷，闻庭中嗓动，如鸡受缚，虎即趋出。

又坐少时，一美人入，兰麝扑人，悄然登榻，附耳小言曰："我来矣。"一言之间，口脂散馥。贾暝然不少动。又低声曰："睡乎？"声音颇类其妻，心微动。又念曰："此皆师相试之幻术也。"暝如故。美人笑曰："鼠子动矣！"

初，夫妻与婢同室，狎亵惟恐婢闻，私约一谜曰："鼠子动，则相欢好。"忽闻是语，不觉大动，开目凝视，真其妻也。问："何能来？"答云："郎生恐君岑寂思归，遣一妪导我来。"言次，因贾出门不相告语，偎傍之际，颇有怨怼。

贾慰藉良久，始得嬉笑为欢。既毕，夜已向晨，闻叟譙诃声，渐近庭院。妻急起，无地自匿，遂越短墙而去。

俄顷，郎从叟入。叟对贾杖郎，便令逐客。郎亦引贾自短墙出，曰："仆望君奢，不免躁进；不图情缘未断，累受扑责。从此暂去，相见行有日也。"指示归途，拱手遂别。

贾俯视故村，故在目中。意妻弱步，必滞途间。疾趋里余，已至家门，但见房垣零落，旧景全非，村中老幼，竟无一相识者，心始骇异。忽念刘、阮返自天台，情景真似。不敢入门，于对户憩坐。

良久，有老翁曳杖出。贾揖之，问："贾某家何所？"翁指其第曰："此即是也。得无欲问奇事耶？仆悉知之。相传此公闻捷即遁；遁时，其子才七八岁。后至十四五岁，母忽大睡不醒。子在时，寒暑为之易衣；迨殁，两孙穷蹙，房舍拆毁，惟以木架苫（shān）覆蔽之。月前，夫人忽醒，屈指百余年矣。远近闻其异，皆来访视，近日稍稀矣。"贾豁然顿悟，曰："翁不知贾奉雉即某是也。"翁大骇，走报其家。

时长孙已死；次孙祥，至五十余矣。以贾年少，疑有诈伪。少间，夫人出，始识之。双涕霪霪，呼与俱去。苦无屋宇，暂入孙舍。大小男妇，奔入盈侧，皆其曾、玄，率陋劣少文。

长孙妇吴氏，沽酒具藜藿；又使少子呆及妇，与己共室，除舍舍祖翁姑。贾入舍，烟埃儿溺，杂气熏人。居数日，懊惋殊不可耐。两孙家分供餐饮，调饪尤乖。

里中以贾新归，日日招饮；而夫人恒不得一饱。吴氏故士人女，颇娴闺训，承顺不衰。祥家给奉渐疏，或呼尔与之。贾怒，携夫人去，设帐东里。每谓夫人曰："吾甚悔此一返，而已无及矣。不得已，复理旧业，若心无愧耻，富贵不难致也。"

居年余，吴氏犹时馈饷，而祥父子绝迹矣。是岁，试入邑庠。邑令重其文，厚赠之，由此家稍裕。祥稍稍来近就之。贾唤入，计曩所耗费，出金偿之，斥绝令去。

遂买新第，移吴氏共居之。吴二子，长者留守旧业；次呆颇慧，使与门人辈共笔砚。

贾自山中归，心思益明澈。无何，连捷登进士第。又数年，以侍御出巡两浙，声名赫奕，歌舞楼台，一时称盛。贾为人鲠峭，

222

不避权贵，朝中大僚，思中伤之。贾屡疏恬退，未蒙俞旨，未几而祸作矣。

先是，祥六子皆无赖，贾虽摒斥不齿，然皆窃余势以作威福，横占田宅，乡人共患之。有某乙娶新妇，祥次子篡取为妾。乙故狙诈，乡人敛金助讼，以此闻于都。于是当道者交章攻贾。贾殊无以自剖，被收经年。祥及次子皆瘐（yǔ）死。贾奉旨充辽阳军。

时呆入泮已久，为人颇仁厚，有贤声。夫人生一子，年十六，遂以嘱呆，夫妻携一仆一媪而去。贾曰："十余年富贵，曾不如一梦之久。今始知荣华之场，皆地狱境界，悔比刘晨、阮肇，多造一重孽案耳。"

数日，抵海岸，遥见巨舟来，鼓乐殷作，虞候皆如天神。既近，舟中一人出，笑请侍御过舟少憩。贾见惊喜，踊身而过，押隶不敢禁。夫人急欲相从，而相去已远，遂愤投海中。漂泊数步，见一人垂练于水，引救而去。隶命篙师荡舟，且追且号，但闻鼓声如雷，与轰涛相间，瞬间遂杳。仆识其人，盖郎生也。

异史氏曰："世传陈大士在闱中，书艺既成，吟诵数四，叹曰：'亦谁人识得！'遂弃去更作，以故闱墨不及诸稿。贾生羞而遁去，此处有仙骨焉。乃再返人世，遂以口腹自贬，贫贱之中人甚矣哉！"

《中国历代经典宝库》总目